彼方出
Izuru Kanata
Discover

ブラッシュ!

目次
1
5
2
51

197
3
115

写真　高橋 浩
装丁　bookwall

No.
Date . .

1

一九八一年七月十九日。

ピンクレディーが解散し、スペースシャトルが初めて打ち上げられた年。

五回の裏ツーアウト一塁で、鈴木空色《そらいろ》はベンチの岩崎監督に呼ばれた。

「お前のことすっかり忘れてってたけんど、引退記念に出してやっから」

岩崎監督の言葉に、空色はごくりと唾を飲み込んだ。

「まあ～、ちょっくら行ってこいや。思い出作りに。ほれ」

「は、はい」

空色は真剣な面持ちで一塁に向かって走り出す。

黒目川中vs国分寺西中の夏季東京大会の二回戦、〇対十一で黒目川中はコールド負け寸前だった。

この試合が終われば三年生は引退する、というところで練習試合すら出たことのない、万年補欠の空色に代走が回ってきたのだ。

ボールを投げることや、打つことが苦手。つまり野球の肝心な部分は全く役に立たない空色だったが、走ることだけは自信があった。

一塁の選手とタッチしてランナー交代。胸が高鳴り脚はがくがく震えだす。

わずかにいる観客席から空色にブーイングが飛んだが、緊張した空色には届かない。

——どうせ試合は負けるんだから、ここは無理やりにでも盗塁するしかない——。

万年補欠のくせに決意だけは強気な空色は、次の打者がバッターボックスに入ったそばから大きくリードをとった。

一球牽制する国分寺西中のエースピッチャー。即座に反応し、一塁に戻る空色。

「声出して行こうぜ！」

ベンチから空色に向けて掛け声が飛ぶ。しかし緊張して声は喉から出てくれない。

カウントは一—二。

次だ。

そう決めた空色は再び大きくリードをとった。

この盗塁を決めたら俺はヒーローになれる、と唇を噛みしめる空色。

汗が額を伝う。七月の日差しが帽子のツバ越しに強く差し込む。

ピッチャーがゆっくりセットポジションに入るが、ずっと一塁の空色を睨んでいる。ピッチャーと空色の瞳のあいだに火花が走った。

ピッチャーの脚が上がる。

それを確認した空色は、ありったけの力で二塁に向かってダッシュした。

三年間の集大成だ。

この一本を絶対決めてやる。

ピッチャーはわざとボールを大きく外にはずし、キャッチャーが即座に二塁に送球。

ボールが二塁手のグローブに入り、空色のスライディングとぶつかる。

クロスプレイ。

その瞬間、ボキッと嫌な音がした。

静まるフィールドと観客席。息を飲む空色。

「アウッ」

砂埃の間から塁審がアウトを宣告する。

ああ……。空色はため息をついてグラウンドに倒れた。

一つの夏が終わったのだ。三年間の辛いだけの想い出が目の前を駆け抜ける。吸い込まれるような青空が目の前に広が——

「君、早くどきなさい」

塁審に急《せ》かされ、空色は余韻に浸ることすらできず、唇を尖《とが》らせて立ち上がろうとした。が、足首がぐにゃりと変な方向に曲がり、立ち上がることができない。

「あれ？」

全然痛みを感じなかったが、足首を骨折していた。

空色は自軍の選手たちに担がれてベンチに戻った。悔しくて泣いた。

「お前、ほんに使えないやっちゃなあ。グズ」

嗚咽《おえつ》している空色に向かって容赦なく岩崎監督が罵る。おかげで涙が一気に涸れた。

試合はそのままあっけなくコールド負け。

黒目川中学校三年生全員の夏が終わった。

なぜか空色のせいでコールド負けしたような空気になっていて、チームメイト全員から冷たい視線を浴びせられた。


空色は骨折のため二週間入院した。

入院中はずっと、ソニーのラジカセ『スカイセンサーCF5950』でFENをぼけーっと聴くことしかできなかった。このラジカセはもともと、オーディオ好きな父親の愛機だったが、父親が転職して海外赴任を決めた時に空色が譲り受けたものだ。

かれこれ二年以上顔を見せない父親とはもう一生会うことがない気がしていたが、このスカイセンサーから流れてくる洋楽を聴くと、まるで海の向こうの父親から話しかけられているような、妙な気分になった。

退院してからも全く何もやる気が起きずに、家でただごろごろ過ごした。

幸せといえば、『機動戦士ガンダム』の再放送と今年から始まった『ベストヒットUSA』を観ることとくらいで、『ジェシーズ・ガール』、『マジック』、『プライベート・アイズ』なんかは空で歌えるようになっていた。

しかし、そんなことはどうでもいい。

空色は今、人生を左右する重要な問題に直面していた。三年間野球を続けて、ようやく今頃、自分に野球の才能がないことに気づいたのだ。

高校で甲子園を目指そうと思っていたのに、中学でこの体《てい》たらくでは高校で通用するわけがない。岩崎監督に指摘されなくても、その現実は空色自身が身に染みてよくわかっていた。

じゃあ、どうしたらいいだろうか、と考えてみたが、将来の自分の姿が全く浮かばない。

「野球バカから野球をとったら、バカしか残らないじゃんか……」

空色は誰もいない自宅の居間で転げ回りながら悶絶した。

家の猫が、興味なさそうにだらーんと伸びたまま向こうを向いていた。

いくら考えても野球以外にやりたいことが思いつかない。

ギリギリギリ。歯ぎしりしても何も出てこない。

やりたいこと。

いや、ある。

それは美術部の吉田桃子と付き合うことだ。これだけは卒業までにどうしても実現したい。小学六年生の頃から誰にも話さずに、ずっと心の奥底に秘めていた淡い想い。しかし野球もダメ、勉強もダメ、笑いのセンスもダメ。そんなアピールポイントが一つも見つからない空色が、桃子に告白なんてできるわけがなかった。

じゃあ、どうすれば……どうすれば。

ぐるぐるぐるぐる。

結局、桃子に電話すらできずに空色の夏休みは終わった。

どうせ脚もギプスしたままだったので、どこにも行けなかったからな、と言い訳することで自分を納得させた。三年生の夏休みといえばやらなきゃいけない重要なことが確かあった気がするが、それについては一旦、置いておくことにした。

桃子はどうしているだろう。

ああ、一度一緒にとしまえんの七つのプールに行きたかった。

中二の遠足の時の桃子の写真を見ながら『ヤンマガ』のビキニのグラビアを一瞬見て、脳内でコラージュすると、まるで桃子がビキニを着ているような錯覚に陥る。

谷間。太もも。お尻。

上目遣いをする桃子が、空色の名を呼ぶ。

そ・ら・い・ろ君。

うおおおお。桃子、桃子、桃子。桃子が好きだ。

顔が見たい、声が聞きたい。できればハダカが見たい。

ベッドで転がりまくり、壁に頭をガンガン打ち付ける。

学校が始まるまで、会うこともできない。

そんな空色の溜まった欲望をぶつける手段といえば、長距離トラックのおじさんが捨てた、公園の隅に落ちているゴワゴワのエロ本を拾って見る以外になかった。

少年たちはエロ本がたくさん落ちている公園を「エロスの海」と呼んで仲間内の秘密にし、自分たちのリビドーをぶつける場所として共有していたのだ。一枚のハダカの写真がどれほど貴重だったか。

ムラムラは少年たちを動かすパワーそのものだった。

そしてこの時空色は、自分が地球で一番ムラムラしていると思っていた。

どうしても女の子のハダカが見たい。

もし神様が望みを叶えてくれるのであれば、ぜひとも桃子のハダカが。

いや、いつか絶対見てやる。

猫が台所の蛇口の前で、水を出せと鳴いていた。

2

二学期の始業日に、やるせない気持ちを抑えつつ松葉杖をつきながら登校した。

最後の試合で感じた、あの冷たい視線が怖くて野球部の部室には顔を出せなかった。

教室に入ると、クラスの皆は机に参考書を広げて受験モードに入っていて、誰も足を折った空色のことを気に留めていないようだった。なんだか自分だけ置いてけぼりにされた気分だが、夏休み中何もしなかったのは自分のせいなので、誰かを責めることもできない。

受験かあ、と空色はしみじみ考える。

受験、受験、じゅけん。

野球を諦めた夏休み以来、行きたい高校なんて一つもなかった。

休み時間に、同じクラスにいる野球部員の及川が空色に声をかけてきた。

背が低く、頭も悪い及川は、空色と同じ野球部の万年補欠組だ。

「お前、どうすんだよ、野球」

及川は空色に向かって責めたてるように訊いてきた。

それしか話すことがないのかよ、と思ったが、ないんだろうなと空色は悟った。

「どうって、もう辞めるよ」

「じゃ、何すんだよ」

「何かしないといけないのかよ。もう部活はいいよ。俺は帰宅部になって彼女作ってハッピーになるよ」

「お前に彼女なんてできるわけないだろ」

及川は空色のギプスに、ペンで『ちんこ』と書いた。

「止めろ、バカ」

ギャハハハと及川は知能の低そうな声で笑った。本当にやることがないのだろう。彼もまた、空色と同じく日本に蔓延《まんえん》する甲子園至上主義の被害者だった。

「そういやさ、聞いたか一樹《かずき》の話」

「知らねえよ。ずっと入院してたんだから」

　空色は少しふてくされながら返事をした。

「野球部誰も見舞いに来ないんだぜ。ひど過ぎるだろ」

「お前の見舞いなんて行くわけないだろ。お前のせいで負けたんだから。そんなことはいいんだよ。一樹の話だよ」

　コールド負けなんだから俺だけのせいじゃないだろ、と言い返そうとしたが、虚しくなったのでやめた。及川も補欠だったので、試合の結果は多分どうでもいいのだろう。他の野球部員と違って、空色に冷たく接することはなかった。頭は悪いがいい奴だ。

　一樹とは、黒目川中野球部のエースのことだ。空色と同じ三年だが、クラスは別である。一樹はすでに野球の強い私立に推薦で行くことが決まっていた。チームは弱いが一樹の才能はそれなりに評価されていた。しかもムカつくことに身長百八十センチもあり、ものすごいハンサムである。つまり、空色とはいろいろな意味で次元が違う男だった。

「あいつ、夏休み中やったらしいぜ」

　及川が空色の首をヘッドロックしながら小声で囁いた。

「何を？」

「ＡＢＣ、ＡＢＣ～、Ｅきも……」

及川が頭の悪そうな歌を歌うと、空色の気持ちはざわついた。

「ダサい歌はいらないから、要点を言えよ」

「ほんとに知らないんだな。美術部の吉田桃子だよ」

「は？　どういうこと？」

「とぼけんなよ、本当はわかってんだろ？　エッチだよ。あいつら夏休み中に最後までやったらしいぜ。野球部全員知ってるよ」


カキーン、とボールが飛んでいく音が聞こえた。


そんなことが起こっていいのか。神はいないのか。いや、嘘だ。嘘に決まっている。及川の言うことなんか信じられるか。なにせ俺より頭悪いんだから——空色の心臓は及川に聴こえるくらいバクバク高鳴った。

「う、嘘つけ。一樹がそう言ったのかよ」

「いや、一樹はにやにやしてるだけ。あいつ受験しないから、吉田と毎日やりまくってるらしい」

やりまくり……そんな汚い言葉を桃子に使うなんて。空色は及川をぶん殴ろうかと思ったが、数学の先生が入ってきてしまい、できなかった。

　授業が始まっても、及川の言葉がずっと心をかき乱していた。空色はそれ以外何も考えられなくなった。２乗に比例した関数がどうしたとか、放物線がどうしたとか、さっぱり頭に入ってこない。

　それから一週間、空色は一樹と桃子がやっているところを自宅で妄想し続けた。一樹とやるって、Ｂまでだろうか。まさかＣまで……。想像したくないのに、自動的に映像が浮かんでしまう。桃子のハダカはいつも頭の中で想像していたが、誰かとやっているところなど考えたこともない。一樹をあしたり、一樹にこうされたり……。宇宙から脳に、想像してはいけないポーズが映像となって降ってくる。エロスの海の記憶が桃子の姿と混然《こんぜん》一体となり、空色を襲う。

　とんでもないポーズで一樹の名を呼ぶ桃子。

「うおおおおお」

　意味なく叫ぶ空色を、猫が眠そうな目で見ていた。

　それを見て空色も、底辺だな、と下半身丸出しのまま思った。

　そしてさらに一週間経った日の放課後、空色は意を決して美術部に行くことにした。

　まだギプスをしたままだったので、四階の美術室に階段で行くのは文字通り骨が折れた。

それでもモヤモヤしているより、桃子に直接会って確かめた方がずっといい。

なぜか階段ですれ違う女子生徒たちすべてが空色を避けている。及川が書いたちんこだらけのギプスのせいだろう。

美術室の扉を開けると、何人かの女子生徒が石膏像を囲むようにして、油絵を描いていた。その中に吉田桃子がいた。つーんとオイルの匂いがする。

空色は脚を引き摺《ず》りながら、教室の真ん中に座る桃子のところまで歩いていった。周りにいた三人の眼鏡を掛けた女子生徒たちが、何かひそひそと話している。

「先輩、失礼します！」

三人はサッと立ち上がり、大声で叫んで廊下の方へ飛び出していった。

広い美術室は、空色と桃子だけになった。

桃子は空色と目も合わせず、一心に絵を描いている。筆とキャンバスのざくざくと擦れる音だけが教室に響いた。

桃子は長く艶やかな黒髪を青いゴムで二つに結び、セーラー服の上に絵の具で汚れた白いエプロンを掛けていた。日本的な切れ長の目で、鼻と口が小さい。日本人形みたいだな、と空色はいつも思っていた。

「あ、あの」

空色は桃子の一メートル後ろで、カチカチに固まりながら声を掛けた。

桃子はペインティングナイフでパレットの絵の具をすくい、一心にキャンバスに塗り付けている。

「何？」

桃子が目を合わせないまま、乾いた声で空色に返事をした。

「えと……」

空色は次の言葉が出せないで、しばらく立ったまま下を向いていた。

クスッと笑う小さな声が聴こえた気がして空色が振り向くと、さっき出て行った眼鏡を掛けた三人組が、扉の陰でこちらを食い入るように見つめていた。

空色は向き直って、勇気を出して告白する決心をした。

「セック――」

一オクターブ高い声で、空色が切り出す。

「――エン」

「はあ？」

「いや、あの、石鹸――は、いらないかなと」

最後の試合で一塁に立った時よりも、空色は緊張していた。これではあの夏のスチールのように、恋のスチールも失敗してしまう。

桃子はそんな空色の様子をよそに、完全に無視を決め込んでいるようだった。

「おまん――」

空色自身も、もう何を言いたいのかよくわからなくなっていた。

「――じゅう、もいらないよね？」

桃子のペインティングナイフが、ガリッと音を立ててキャンバスを横切った。

張り詰めた空気が二人の間を流れる。

違う。一樹との関係が訊きたいんじゃない。自分の気持ちを言わなくては。そう決めた空色は、体勢を立て直すために咳を一つした。

「聞いてくれ」

咳を、もう一つ。

「お、俺は」

ごくりと唾を飲む。手も脚も震えていた。

これが恋のフルカウントか。どうでもいいことばかりが空色の脳裏をぐるぐる回る。

「よ、よ、吉田が好きだ」

言った。とうとう言った。俺、すげえ、と空色は自画自賛した。その後の結果がどうなろうとも悔いはない。バッターボックスに立たなきゃ、ヒットは打てない。

桃子は黙ったままだし、手も止めなかった。

聞こえなかったのだろうか。それとも聞くに値しないことだったのだろうか。

廊下の扉の陰にいた三人の眼鏡女子たちが小さい声でキャーと叫んでいた。

空色は眼鏡女子たちをキッと睨んだが、三人は猛禽類《もうきん》が獲物を発見したかのように嬉々とした表情で凝視し続けていた。

「だ、ダメです……か？」

空色はものすごい低姿勢で桃子の顔を窺《うかが》った。

桃子はまだ目を合わせない。

「ごめん、あたし受験で忙しいから」

空色は相当な時間をかけて、自分がフラれてしまったという事実を理解した。

そんなに簡単に？　とも思うが、やっぱりな、とも思った。

「忙しいったって、絵なんて描いてるじゃん」

「これは受験のために描いてるの」

受験のため？　空色には意味がよくわからなかったが、桃子は多分、「あっち行け」と言いたいのだろうな、と思うことにした。

「一樹と付き合ってるの？」

空色はフラれたついでに直球ドストライクな球を投げてみた。

「一樹君？　別に」

「別にって」

「関係ないでしょ」

確かに、と思った。

「じゃあ、セック――」

そこまで言った瞬間、空色に向かってペインティングオイルの瓶が飛んできた。

3

おかえり。という顔をして、猫が玄関に座っていた。

足音でわかるのか、空色が扉を開けると、猫はいつも玄関で待っている。

「ただいま」と声をかけると、猫は空色の顔をじっと見つめながら、ぺろりと舌を出した。

ひょいっと台所のシンクに飛び乗った猫は、蛇口からちょろちょろ出てくる水を、片手でちょいちょいと、手繰《たぐ》りよせようとする。

空色は蛇口を猫の近くに回し、ちょろちょろ流れる水を直接飲めるようにしてあげた。猫は水皿のぬるい水より、新鮮な水道水を飲むのが好きだった。これは、朝と帰宅時の二回、必ず行う二人の儀式である。

空色はそれを眺めながら、晩ご飯の支度を始めた。

母親が夜勤に行く前に用意してくれたものを温めるだけだったが、その他に自分でも、卵焼きと豆腐サラダを作った。

猫にもご飯を作り、二人で並んで食べた。

この家では、ほとんど空色と猫だけで生活をしていた。

父親は、日本の電器メーカーに十数年勤務した後、自分がやりたいからという理由だけで、オーディオのデザインをしにデンマークのB＆O社というところに一人で転職してしまった。母親は公立の病院で看護婦をしており、なるべく多くの夜勤を自らすすんでこなしている。父親からの仕送りはきちんと毎月来るらしいが、母親曰く「いつ途切れてしまうかわからない」ので、仕送りには手をつけず、看護婦としての収入だけで空色の学費と生活費を稼いでくれていた。母親ともほとんど顔を合わせないので、一人っ子の空色は猫だけが話し相手だった。

空色が冷蔵庫を見ると、いつもの母親からのメモが貼ってあった。

『高校決めたの？』

と書いてある。そりゃあ、中三の一人息子がいれば、気になることだろう。

勉強しろ、とか早く高校を決めろ、などと顔を突き合わせて命令してこない親に、空色は「自分は放置されているのだろうか」と悩んだこともあったが、これはこれで楽なので、今のメモのやりとりだけの関係がありがたかった。

『まだ』とだけ返事を書いて貼っておいた。が、あまりにも短いと心配されると思い、『もうすぐ』と嘘を付け足しておいた。

部屋でごろごろしながら猫をいじり倒して、いろいろなことを考えた。

野球の才能もない。四年間想い続けた桃子にも簡単にフラれた。受験勉強する気もさっぱり起きない。俺には何にもないなあ、とペインティングオイルの瓶が当たった額をさすり、空色はまじまじと思った。

みんなよく遊ばずに受験勉強なんてするよな、と感心しながらスカイセンサーで、『中島みゆきのオールナイトニッポン』を聴いていると、ラジオの向こうの中三や高三のリスナーも受験の悩みを訴えていた。

なんでみんなは、そんなに高校に行きたいのだろうか。

中島みゆきは「行かないで悩むより、行ってから悩め」的なことを言っている。そういえば父さんも、デンマークに行く前に似たようなことをよく言っていた。あれは父さんがデンマークに行くための言い訳だったと思っていたが、もしかして、俺にも言っていたつもりだったのだろうか……。

高校って、そんなに行かなきゃいけないところなのか？

野球部の大半は高校で甲子園を目指すという。というか、皆、元々甲子園という目標のために中学で野球をやっている。野球部以外の奴らに聞いても運動部系のやつは大体同じ部活を続けるらしい。

じゃあ、部活やってないやつは何を根拠に高校を選ぶのだろう。ただ単に入れそうなところを探して受けるだけなんだろうか。家からの距離？　偏差値？　友達が行くから？

みんな、受験は辛くても高校は楽しいだろうと話している。部活、バイト、ファッションに恋愛。どれも今の空色には、ぼやけた感じがしてよくわからない。

空色は考えることをやめた。考えたって、答えなんかない。スカイセンサーをＦＥＮにチューンすると、ブルース・スプリングスティーンが流れていた。

エブリバディズ・ゴット・ア・ハングリーハート。誰もが満たされない心を抱えている。

じゃあ、どうすれば満たされるのだろうか。

野球であんなに頑張ったのに、満たされなかった。

このまま満たされないままで、生きていられるのだろうか。

もしかして、父さんは心を満たすために家族を捨てたのだろうか。

猫が窓の外を見ながら何かに怒っていた。


十月になり、ギプスもとれ、坊主だった髪も少しだけ伸びた。

それでもやっぱり空色は、授業を聴く気にはなれなかったので、仕方なく毎日授業中、ノートにエロいイラストを描いて過ごした。

正直、いつまで経っても頭の中はエロいことしかなかった。

いまだに一樹と桃子がやっているという噂は流れていて、気がつくとノートに桃子のエロいポーズを描いて、それを見てイライラして破り捨てる、という繰り返しだった。

及川が、その落書きを欲しがったので渡してあげると、それを見たほかの奴らからもリクエストが来て、空色は「野球部のエロストレーター」と呼ばれるようになった。

空色は「イラストのため」と自分に言い訳しながらエロスの海でエロ本を漁《あさ》った。

いやいやいやいや。

こんなことしていていいわけない。

もうすぐ十一月になるかという頃、一度フラレてしまったのにどうしても我慢できなくなって、また美術室の桃子のところへ向かった。伸ばしっぱなしの髪の毛はふっさふさになっていた。

扉の向こうでは、九月と全く同じように二年生眼鏡女子三人と桃子が絵を描いていた。足を踏み入れると、また眼鏡の三人がガタッと立ち上がった。

「先輩、失礼します！」

また同じことを言いながら、三人は廊下へこそこそと出ていった。

桃子はやはり目を合わせずに絵を描き続けていた。

また油の匂いがした。良い匂いだな、と空色は思えるようになった。

桃子のすぐ横の椅子に座り、桃子の描いている絵を見た。今度はテーブルクロスの上の花瓶や煉瓦を描いていた。全然興味は無いが、上手いことだけは空色でもわかった。

「あのさ、吉田は高校どこ受けるの？」

「なんで？　関係ないでしょ」

相変わらず冷たい対応だったが、もしかしたら美少女ってそういう生き物なのかもしれないな、と納得することにした。

「吉田の受ける学校、俺も行こうかなと思って」

初めて桃子が空色の顔をちらっと見た。しかし、無表情のままだった。

「無理ね」

「どうして？　そんなに偏差値高いの？」

「そうじゃなくて」

桃子は手を止めた。初めてちゃんと向き合って話ができることに空色は喜んだ。考えてみれば小六以来、二人だけでちゃんと話したことなど一度もなかった。

思えばあの小六の夏、プールの授業でスクール水着の桃子の平泳ぎをプールの底から見上げた時に美しい愛が芽生えてしまってから、ずっと抱き続けていた想い。桃子のソプラノリコーダーを放課後にこっそり机から抜き出して、『大きな栗の木の下で』を吹き続けたあの甘酸っぱい想い。誰もいない下駄箱で、桃子の上履きの匂いを嗅いで速攻で上り棒を登ったきゅんとする切ない想い。なんでもっと早く打ち明けなかったんだろう。愛の尊さに気づいたのは、残酷にも一樹に出し抜かれたあとだったのだ。

桃子は筆を置いて立ち上がり、本棚の方へ歩いて行った。空色は座ったまま桃子のセーラー服の後ろ姿に見とれていた。ふくらはぎまで美しい。

すぐに桃子は一冊の本を手に戻って来た。

「これ、あたしの受ける学校」

本を手に取って、桃子が指を挟んでいた頁を開いてみた。

そこには、想像もしていなかったことが書かれていた。

『東京女子芸術大学付属高等学校』

女子……？

「女子校かよ！」

空色は思わず大声で叫んでしまった。それは考えてもみなかった。高校に男子校、女子校があることすら忘れていた。

「だから実技試験と作品提出のために描いているの」

「え？　じゃあ、一樹は？」

「一樹君は関係ない。あたしは絵の勉強がしたいの」

「へえ……」

絵を描く高校なんてあるのか、と空色は初めて知った。美大なら聞いたことはあるが、高校にもそんなものがあるなんて知らなかった。絵だけ描いてりゃいいなんて、随分楽な高校だな、と心の中でちょっとバカにした。

この一ヶ月間、空色はずっと桃子と同じ高校へ行くことだけを考えていたので、同じ学校へ行けないとなると、いよいよ行きたい高校なんてなくなった。

もう本当にどうしたらいいかわからない。

高校に進学しないとなると、就職……。余計に想像つかない。アルバイトすらしたことないのに。

そんな空色を放って桃子はまた絵を描き始めた。

桃子に渡された本をパラパラとめくってみると、私立や公立の学校がずらっと載っていた。中三の十月末なのに、こういう本を今頃初めて見た。しかし甲子園で有名な高校は嫌でも目につく。聞いたこともない高校も、思ったよりたくさんある。

付箋が挟んであったほかの頁を何気なく開いてみた。

そこに踊っていた文字に、空色は驚愕した。

なんだ、これ。

カキーン、と快音が鼓膜に鳴り響いた。

『実技試験ヌードデッサン有り』

ヌード？

高校の受験にヌード？

中学生がヌード？

そんなうまい話がこの世にあるのか？

「ヌードデッサンって……」

空色にはこの高校受験案内の本が公園のエロスの海に落ちているゴワゴワのエロ本に思えてきた。この一行だけで天国へ行ける。本当に受験で女のハダカを見るなんてことができるのだろうか？

「ああ、亀高ね」

桃子はさらっと聞いたこともない学校の名前を口にした。

「かめこう？」

空色は本をもう一度読み返した。その頁のタイトルには、

『江古田藝術大学付属亀が丘高等学校美術学科』

と書かれてあった。亀高……。ダサい名前の学校だ。

おそらく甲子園には一度も出場していないだろう。聞いたこともない。

「女子芸と江古芸は東京六美大の二つなの」

江古芸？　東京六美大？　なんだかよくわからない単語が並ぶ。

「これ、美大なの？」

「美大の付属高校」

美術系の高校ってそんなに沢山あるのか、と空色は驚いた。

よく聞いてみると、江古芸というのは、江古田大学藝術学部のことで、亀高というのが、亀が丘高校のことらしい。東京六美大というのは、都内に六つある美大の総称のことだった。ま、名前なんてどうでもいい。問題はヌードだ。中学生が法律違反することなく女のハダカが見られるのなら、見にいこうじゃないか。入場料とられてもいい。

受けよう！　かめこう。


空色は初めて受験をする気になった。

亀高美術学科を受ける。

女のハダカを見るためだけど。

「ヌードって、堂々と見てもいいもんなの？」

「当たり前じゃない。絵を描くんだから。言っとくけど、いやらしい気持ちでヌードデッサンする人なんていないからね」

「じゃあ、どんな気持ちで描くの？」

「それは……対象をよく見て、自分を表現するのよ」

「ふーん」

空色には桃子の話はさっぱりわからなかった。ハダカを見るのに、いやらしい気持ちじゃない気持ちなんてあるのだろうか。医者のような気持ちだろうか。だとしても中学生が医者の気持ちになんてなれるわけない。

「俺、亀高受けてみる」

「本気？　あなた絵なんて描いたことあるの？」

あるよ、いつも桃子のエロイラスト描いてるよ、などと答えたら殺される。

「イラストくらいなら……」

「イラストとデッサンは全然違うわよ」

「じゃあさ、教えてよ。デッサン」

「はあ？　そんな簡単に描けるわけないでしょ」

空色はもう一度本を見た。受験日は来年一月と書いてあった。

「まだ二ヶ月あるよ。大丈夫だよ」

「無理。てか、やりたければ勝手にやれば」

「じゃあ、モデルになってよ」

「はあ？」

「ヌードの――」

今度は、べったり絵の具の載った木製のパレットが空色の頬をクリーンヒットした。

4

翌日、空色は桃子たちよりも早く美術室に来て、石膏像の真正面にイーゼルを立てていた。

「出てってよ」

「いやだ」

「邪魔なの」

「俺もデッサンする」

「あんたヌード見たいだけでしょ！」

実際、桃子の言う通りの理由だが、いくら出ていけと言われても居座り続ける空色に、桃子も追い出すのが面倒になっている様子だった。

「いいじゃないですか、桃子先輩」

「そうですよ、部員が増えたじゃないですか」

「やる気出ます」

眼鏡の三人は、なぜか空色を擁護した。桃子は三人を睨みつけていたが、眼鏡たちは動じなかった。

「じゃあ、紙とカルトンは準備室にあるから勝手にやれば」

桃子は最低限のことだけ伝えると、空色を避けるようにして、いつもの席についた。カルトンというのは厚紙でできたデッサン用の下敷きのようなものらしい。

空色は言うことに従い、紙とカルトンを用意して、桃子と同じ石膏像を描き始めた。

こんなに素直に従っているのは、もちろん女のハダカという崇高で深遠な野望があるからである。この石膏デッサンがヌードショーのチケットになるのだ。

やるぞ。野望のために、と意気込んでみたが、大きな画用紙を前にして空色は戸惑った。何から始めたらいいかわからない。

とりあえず顔かな？　と思い、石膏像の目から描き始めた。周りで眼鏡女子三人が何かひそひそ話していたが、気にしなかった。

この石膏デッサンというものは、ひどくつまらないなあと空色は思った。

描いて消してを繰り返す作業は、野球一筋だった空色にとってはかなりの苦痛だったが、これをあと二ヶ月間続けなければハダカが見られないことを考えると、手を止めることができなかった。野球部の早朝ノックを思えば大したことはない、と空色は自分に言い聞かせた。

次の日、眼鏡女子二年生の一人が空色に言った。

「あの、シャーペンはダメですよ。鉛筆じゃないと」

「え？　そうなの？　なんで？　削るの面倒じゃん」

「硬い鉛筆と軟らかい鉛筆を使い分けるんです。４Ｈから６Ｂくらいまで」

もう一人がこそっと伝えてきた。

「そんなに？」

空色は仕方なく、イーゼルを片付けて文房具屋に向かった。二年生相手に「早く言えよ」とは怒れなかった。近所の商店街の文房具屋で売っていたトンボ鉛筆を適当に選んで何本か買った。何故かそれだけで絵が上手くなったような気がした。


言われた通り鉛筆で描いていると、別の眼鏡女子がまた空色に言ってきた。

「あの、消しゴムだけじゃダメですよ。練り消しっていうのがあるんです」

「一度に言ってよ……」

これじゃ野球部の球拾いと同じだよ、とちょっと心が折れそうになりながら空色はまた文房具屋に向かって走った。目的のためならば苦労は厭《いと》わない。そこだけは体育会系の思考回路だった。そうして画材を買い漁るうちに、いちいち買いに来るのは面倒だけど、画材を選ぶのってなんだかいいな、と文房具屋で空色は思ったが、そう思った自分が不思議だった。

そうして何日かかけて一枚石膏デッサンを仕上げた。空色なりに満足していた。

それまでひとことも話してくれなかった桃子に絵を見せてみる。

「ね、どう？　初めてにしちゃ上手いよね？」

桃子はちらっと空色のデッサンを見た。

「全然ダメ」

素人に向かって容赦ないやつだ。そこが桃子的ではあるけれど。

「どこが？」

「まず構図が全っ然ダメ」

「なんで？」

「それがわからないようじゃ、あなたには美的センスが無いってこと」

「そんなあ。一生懸命描いたのに」

「あなた顔から描いたでしょ」

「え？　そうだけど？」

「全体の構図をまず決めるの。細かいところはそれから」

どこから描こうが一緒じゃん、と空色は言いそうになった。でも本物のハダカを見たら、当然おっぱいから描くだろうな、と思えばやる気も湧き出てくる。

よくわからないけど、絵を描く人がやっている、人差し指と親指で四角を作って対象を片目で見るということをやってみた。やっぱり意味がわからなかった。横で三人の眼鏡女子たちが声を殺して笑っていた。

それから空色は桃子に言われた通り、全体からぼんやり描いてみた。さっぱり何が違うのかわからない。いや、むしろ下手になった気がする。

なんで桃子はこんなことがしたいんだろうか。絵と野球って、地球と宇宙の果てくらい距離があるな、と空色はうんざりした。

何日もそうして描いたが、桃子は何も言わなかった。それでも何枚か描くうちに、なんとなく真正面に座っているのがいけないことに気がついた。斜めに描いた方がかっこいい。そういえばガンダムだって真正面の絵はない。必ず斜め下からだ。石膏像はガンダムなのだ。この発見に空色は狂喜した。もう、絵の世界を制覇した気さえする。ガンダムすげえ。

五枚ほど仕上げた時にようやく桃子が空色の絵を見て意見を言ってきた。

「質感が描けてない」

「ミツカン?」

「しつかん。石膏の硬さや重さ」

「セック――」

桃子がペインティングナイフの柄で空色のみぞおちを思いっきり突いた。

「――ォウ……は硬いな……」

空色はむせながらごまかしたが、桃子にはバレているようだった。

「そのペッティングナイフ痛いよ」

「ペインティングナイフだから！」

もう一度みぞおちに攻撃を受けた。

空色は言われている意味がさっぱりわかっていなかったが、最初に描いた絵を改めて見てみると、自分で見ても確かに下手だということは理解できた。でも最新作は良くできてる気がするので、ダメだと言われても何が悪いのかはわからない。質感といったって、紙と鉛筆なんだから何を描いても一緒な気がする。

さらに来る日も来る日も、空色は放課後になると美術室に通った。いつの間にか美術教師が空色の絵を後ろから見ていたが、やっぱり何にも言わなかった。もっとああだこうだと討論するのを想像していたが、想像通り、美術ってやっぱ暗いな、と思った。ヌードのためじゃなかったら、絶対こんなつまらないことなんてしないのに。

桃子は本当に時々ひとことだけ意見を言ってくる。それを空色は犬のように待っていたが、おあずけを喰らってばかりだった。

「いくら描いても上手くならねえ……」

「だから止めろって言ったでしょ。野球部には無理なのよ」

「野球部には絵は描けねぇっつーのかよ。やってやるよ！」

「補欠のくせに」

ぐさっ。

どうしてこの美少女は人の痛いところを知っているのだろう、と空色は身悶えした。

季節は流れ、あっという間に十二月末になった。

もう時間がないことはわかっていても、空色はちっとも上手くなった気がしなかった。さらに都合の悪いことに、受験には五教科の試験もあるし、学校では期末試験もあるのだが、当然何もやっていない。そもそも教科書すら開いたことがないし、参考書も持っていないのだが、今の空色にはそれが大切なことに思えなかった。

描いても描いても満足できない。

もっと手を入れたい。いつまで経ってもでき上がらない。たった十数枚描いただけではダメなことが描けば描くほどじわじわとわかってくる。

空色はふと、ハダカを見るだけなら、上手く描く必要などないことに気がついた。極端に言えば、試験中ハダカをじーっと見ているだけで、絵を描かなくたっていいのだ。

いやいやいや。

それはいくらなんでもマズいだろう。受験なんだからやっぱり絵は描かなきゃいけない。そのためにこのクソつまらない鉛筆デッサンを二ヶ月間もしてきたのだから、と空色は邪《よこしま》な考えを脇に置いた。

及川は偏差値四十以下の高校に片っ端から願書を出しているらしい。

「バカ学校の方が簡単にやれそうだから」と吹いていたが、及川自身がバカだからそれしか受けられないことは誰でも知っていた。

『メリークリスマス。冷凍庫を見よ』

家に帰ると、母親がメモを残してくれていた。

冷凍庫を開けてみると、だいふくのアイスがあった。このだいふくはつい先日発売されたばかりのもので、清楚な美少女が出てくるＣＭを見たことがある。空色の母親はなんでも新しいものが好きなのだ。しかし、だいふくがケーキの代わりになるのだろうか、と空色は悩みながらそれを食べた。

炬燵《こたつ》を出したら、電源を入れる前から猫が中に入って待っていた。

5

一九八二年一月。

空色はドス黒い妄想を抱えつつ、年明けをお風呂の中で迎えた。

母親は元旦まで夜勤していた。父親も当然、帰ってくる素振りさえなかった。

ギリギリまで美術室で石膏像を描き続けたが、すぐに受験の前日になってしまった。部屋に入るといつものように二年生眼鏡女子たちがニヤニヤしながら空色に向かって手を振ってきた。上級生なのにバカにされてるな、と空色は野球部以来の悲哀を感じていた。

「何かアドバイスしてよ」

空色は桃子に甘えてみた。

「鉛筆と練り消しは忘れないようにね」

「それだけ?」

「だってあなた、ハダカ見に行くだけでしょ」

当然だが、空色の崇高で深遠な野望は桃子にバレバレで、何も言い返せなかった。

「もう二度と来ないでね」

「明日受験しようって人にそれはないだろ」

空色の苦情は桃子には一ミリも届かなかった。

しかし、二年生たちが帰ったあと、桃子がめずらしく自分から話しかけてきた。

「ねえ」

空色はまた嫌味を言われるのかと、興奮した自分を呪いたくなった。

「クロッキー一枚描かせてくれる？」

桃子は少し恥ずかしそうに俯《うつむ》きながらそう言った。

「え？　なんで、今？」

「別に意味なんてない。嫌なの？」

「見事な攻撃だな、タケちゃんマン。クワッ！」

空色のテレビの真似は全く桃子には響いていなかった。学ランを着て椅子に座り静かに正面を向く。

「十分間ね」

自分がモデルになるなんて思わなかったから、なんだか緊張した。桃子の呼吸が聞こえそうなくらい、美術室は静まり返っていた。ガラスが結露しているのが見える。窓の外はもう真っ暗で、まるで桃子と二人きりの世界にいるようだった。

途中、ひとことだけ空色は呟《つぶや》いた。

「もうすぐ卒業だね」

桃子は答えずに手を動かし続けていた。


帰りに下駄箱で靴を履き替えていたら、桃子が一樹と待ち合わせをしているのと鉢合わせしてしまった。こっそり二人の後をつけていったら、途中から二人が当たり前のように手をつなぐのを目撃してしまい、衝撃で絶叫しそうになった。

桃子は肯定しなかったが、やはり本当に付き合っていたということだ。実際に目の当たりにするとショックが大きかった。

なんで俺は試験前日にこんなに負け犬なんだ？　なぜなんだ、俺。と空色は電柱に頭をゴンゴンぶつけた。寒さと痛さで涙が出る。

まあ、いい。今は桃子よりもハダカだ。

家に帰り、早く寝ようとして九時に布団に入ったが、桃子がセーラーの胸元を開けて自分に微笑みかけている妄想がどうしても消えずに目がギンギンになり、全く眠れなかった。

仕方なく着替えて、夜中の一時に家を出て桃子の家に向かった。実は小学生時代にこっそりあとをつけたことがあるので、家の場所はわかっていた。

桃子の家は空色の家からは走って二十分以上かかる。駅前通りの五階建ての小ぶりなマンションの前に立って、桃子の部屋と思われる窓を見上げた。当然電気は消えている。

それでも気がつくかな、と思い、小石を窓に投げてみたが、桃子の家は四階なので届かない。

Tシャツにダッフルコートだけという格好はとてつもなく寒いが、それでも震えながら桃子が窓から顔を出すことを待った。

なんの意味もないし、見つかったら気味悪がられるだろう。それでも部屋を見続けた。

桃子が好きだ、と念波を送り続けた。返事はない。

明日、受験だよ、と話しかけてみる。返事はない。

腕時計を見ると一時間も経っていた。ようやく空色は飽きて、桃子のマンションからの帰り道に自販機で缶コーヒーを買った。

カイロ代わりにその缶コーヒーを胸元に入れ、家に向かった。

受験前日に俺は何をしているのだろう。

それでも想いが桃子に伝わったような気がして、今度は猫を抱いて眠れた。

そして受験当日――。

空色は朝六時に家を出た。亀高まで一時間半かかるので、二時間も眠れなかった。目を無理やり覚ますために、ウォークマンⅡで『アイ・ラブ・ロックンロール』を聴く。興味ないデッサンよりロックだ。アイ・裸ブ・ロックンロール。

西武バス、国鉄中央線、京王井の頭線を乗り継いで、下北沢駅に降りる。

空は雪がちらついていて、冷たい空気が耳たぶを切った。

下北沢駅は初めて来たが、こじゃれた店が沢山あるな、と空色は思った。今日、このこじゃれた街で、朝っぱらから中学生の中学生による大ヌード鑑賞会が行われるとは誰も知らないだろうと思うと、わけもなく空色は勝利感に満ちあふれた。

駅から亀高まで歩いて十五分。ほかにも大勢それらしい中学生が歩いている。

こいつらもハダカを見て興奮しに来たんだろうな！　と思い、ベストポジションを確保するため足早になった。

受験生たちが歩いている列に流されて亀高に着いた。開始一時間前だった。

試験会場は亀高の校内の一番奥の汚い二階建ての建物で、中に入るとごちゃごちゃと色々なものが床や壁に置いてあった。

その一階に張り紙がしてあり、席順が書いてあった。百五十人くらい受けるらしい。

せっかく早く来たのに、早いもの順じゃないことにがっかりしたが、それでもハダカは目前だと思うと足取りは軽い。

会場に入り、指定の席に着くと、モデルが立つであろう位置から大分遠かった。これではわざわざこんな遠くまで来た意味がない。じわじわ席とイーゼルを前の方にずらした。他の奴らもハダカが見たいのだろう。皆、目がギラギラしている。

静まり返った室内は外の気温とは違い、ある種の熱気に包まれていた。汗が落ちる音さえ聴こえそうな静寂。まるで自分の精神を尖らすかのように鉛筆を削る音だけが響き渡る。九回裏ツーアウトのバッターボックスに立ったような緊張感だ、と空色は思った。いや、立ったことはないけれど。

開始まで十五分。

とうとう生まれて初めて母親以外の女のハダカを見るのだ。

は、だ、か。

俺というエロストレーターの歴史の大きな一ページだ。エロスの海の比じゃない。本物だ。生身だ。むき出しの身体だ。

は、だ、か。

そして扉は開かれた。

心臓の鼓動が高まる。

アイ・裸ブ・ロックンロール。

教師の後に、白いガウンを着たモデルが部屋に入ってきた。

フードをあげ、ガウンを脱いで身体をさらけ出す。

生まれたままの姿の人間。

これが夢にまで見たハダカ――

はだ……

あれ？

男、じゃん……。

はあ？

冗談だろ。

ヌードモデルっていったらどう考えても女だろ。

空色は席を立って大声で抗議しそうになった。

男のハダカなんか誰が見たいのか。まさかこれで終わりじゃないだろうな。一時間後に先生が来て、「はい、みなさんお待たせしました。お待ちかねの女性のモデルの登場です。好きなところから好きなだけ存分にご鑑賞ください」って言うんだよな。まさか、まさか、まさか、と空色は激しく動揺した。

モデルの男が壇上でムッキムキの筋肉にピッチピチの小さな白いブリーフを穿いていて、無表情にマッチョなポーズを決めた。ムキムキマンのエンゼル体操か。

この二ヶ月間の苦労はこんなものを見るためだったのか。

帰りたい。

帰って寝たい。

エロスの海に行きたい。

桃子の嫌味を我慢し、勉強もせずクソつまらないデッサンを描き続けた意味は。

もしや、桃子は男のモデルだって知っていたんじゃないだろうか。

目の前が真っ暗にぐるぐる回り、空色はそこから記憶をなくした。

真っ暗になる直前、ほかの学校に願書を出していないことをぼんやりと思い出した。

二月。

空色は亀高からの合格通知を受け取った。

なんで受かったのか、空色自身にもさっぱりわからなかった。五教科のテストもめちゃくちゃだったのに。よほどレベルの低い学校だったのだろうか。

しかしほかの高校を受験していなかった空色は、選択の余地なく自動的に亀高に入学することに決まった。

『かめこう合格しました』と冷蔵庫にメモを貼っておいたら、母親からの冷蔵庫のメモの返事は、『あ、そう』だけだった。クールだな、と思った。

卒業式の後、桃子はさよならも言わずに一樹と共に去っていった。

及川の希望は叶わず共学は全て落ち、極悪ヤンキーで有名な男子工業高校に行くことになったらしい。なぜか美術部の眼鏡女子二年生三人が空色の制服のボタンを欲しがったので、三つ千切って渡してやった。この三人は最後までよくわからなかった。

こうして空色は中学校を卒業した。思い出といえば三年間補欠だった野球部のことくらいで、おまけに進学先の学校が何をするところなのかも、よくわかっていない。

つまり、何もかもが良くない方向へと向かっていた。

バカはバカだし、猫は猫だった。

No.
Date . .

1

一九八二年四月。

入学式の日は小雨だった。

体育館での全体入学式の後、本校舎のとある教室に美術科の生徒が集められた。

美術科全四十二名。女子の方が少し多そうだ。空色は初めての顔合わせで緊張して、誰とも話ができなかった。

担任の津久田先生は、カーキ色のジャケットに、貴族っぽい気取ったネクタイという、お洒落《しゃれ》というか、やっぱり美術科っぽいというか、あんまり普通の教師じゃない雰囲気だった。なんだかニヤニヤ生徒たちを見回している姿がいやらしい。

「いいか、ビジツカで大事なことは三つだ」

津久田先生が、熱く生徒たちに語りかけた。

「努力と友情だ」

二つじゃん！　と、誰もが心の中で突っ込んだ。

美術科はクラス替えはないので、この変な教師に三年間学ばねばならないらしく、空色はただでさえ興味のない美術科なのに、さらに憂鬱な気分になった。

津久田先生は、わざとなのか訛りなのか、美術科を「ビジツカ」と連呼していた。

ビジツカ、ねえ……。


初日は自己紹介だけで終わった。

クラスの奴らは、空色も含めてパッとしない連中だった。

自己紹介だけでなんだか疲れてしまった空色は、外の空気を吸いに一人で本校舎の屋上に上がってみることにした。

暗い階段を五階まで上ると、屋上は施錠されておらず簡単に入ることができた。雨上がりの屋上には、大きな水溜まりがいくつかできていて、まだ曇った空が鏡のように映っていた。

屋上は校舎の形に合わせて、巨大な「ロ」の字形になっていて、鉄製の黒いフェンスは大して高くなく、ちょっと頼りない印象がある。床はところどころアスファルトが剥がれてそこに草が生えていて、まるで廃墟のようだ。

近くには校舎より高い建物がなく、東は新宿や東京タワー、西は富士山が一望できた。

思っていたより、空が広い。校舎の端まで歩いてゆき、フェンスの向こうの新宿のビル群を見ると、新宿センタービルはおろしたての鉛筆みたいに見えた。

桜の花びらが舞う季節。校舎の周りは桜色の絨毯だった。

何も考えずにビジツカに入ってしまったが、これから本当にどうなっちゃうんだろう。野球はもう無理だろうけど、それ以外の目標なんて、今の空色には到底考えられなかった。

美術の学校に入ったのだから、絵を描くべきなのだろうが、絵なんてなんの興味も湧かない。桃子もいない。及川もいない。未来も見えない。何もない。

あ〜あ。つまらない。

「ねえ」

遠くから大きな声が聴こえて空色が顔を向けると、ずっと向こうにちょうど同じ格好でフェンスを掴んで立つ女子がいた。

「煙草持ってない？」

一瞬、聞き間違いかと思ったが、よく見るとその女子は手に短い煙草を持っていて、それを空色にひらひらと見せていた。

「持ってないよ」

「ちっ、使えねえ」

そう毒づくと、その女子は残りの煙草を惜しそうに指先でつまんで目一杯吸った。

随分堂々と喫煙しているなあと、空色は感心した。不良はどこにでもいるものだ。

しばらくすると、その女子が空色の近くまでふらふらと寄ってきた。

ブラブラに緩めた緑色のネクタイ、裾を出した白いブラウス、あり得ないくらい短いスカート、片方緩んだ白いソックス。だらしない服装だけど、なぜか髪型だけはきっちりした聖子ちゃんカットでキメている。なんだかバランスの悪いやつだな、と空色は思った。

「ねえ」

「なに？」

空色は煙草を吸う人間が嫌いだった。それだけで話したくなくなる。

「あんた、あたしのこと知らないの？」

出た。不良の俺様パターン。言うことが古いんだよ。

「知らないよ」

そこで初めてその女子の顔をちゃんと見た。透き通るような白い肌、赤みがかった頬、めちゃくちゃ大きな茶色い瞳。ぽってりとした唇と八重歯。びっくりするほどかわいい女の子なのに、その女子の顔を見た時に空色はなぜかだいふくを思い出した。

風に舞った桜の花びらが、その女子の髪にはらはらかかっていた。

それを見つめていた空色は、恥ずかしくなり顔を背けた。

「そうなんだ」

知っているのが当たり前みたいな返事。

「あんた普通科？」

その女子も空色と並んで新宿のビル群を見ながらクラスを尋ねてきた。

「ビジツカ」

「タカラヅカ？」

「ツカしか合ってないよ。美術科だよ」

「そうなんだ。そう見えないっちゃ」

「俺、野球部だったからね」

「野球部が絵なんて描けるわけ？」

「描けないよ。まぐれで入っただけ。絵なんて全然興味ないし」

「へー」

その女子は煙草を吸い終わると、吸い殻をその辺に投げ捨てた。そういう感覚が空色には信じられなかった。

「あたしも、音楽科なんだけどピアノ弾けないんだよね」

この学校には普通科とビジツカのほかに、音楽科もあったことを思い出した。つまりこいつもやる気がないんだな、と空色は煙草女子にちょっとだけ親近感が湧いた。

そっと視線を彼女の方へやる。彼女はフェンス越しにつまらなそうに新宿の空を見ている。

その女子は、しばらく空を見つめてから「はーっ」と深くため息をつき、フェンスから手を離し、「バイちゃ」と言って水たまりを飛び越えながら屋上から出て行った。

スカート超短いな、と空色は心のシャッターをすかさず切った。


その翌日に行われた授業のオリエンで、空色は大きな絶望感を味わった。

配られた時間割を見ると、普通の五教科の授業が五時限目まであって、なんとその後九時限目まで専門の授業が続いていた。九時限目が終わるのが午後七時過ぎ。つまりビジツカは、普通科が部活をする時間に美術の授業を行っているのだ。

「ビジツカはな、授業が終わった後からが本番なんだ」

津久田先生は意味ありげな目つきでそう言い放った。

デートは⁉　アルバイトは⁉　絵だけ描いてればいいんじゃなかったのか！　九時限目以降もやれってか！　なんだそりゃ。いったい全体何をそんなにやることがあるんだ。教育なんとか法違反じゃないのか。このひたすら一つのことをやらせるシステムは、紛れもなく空色が打ち込んできた野球部と同じ、いわゆる体育会系のノリだった。

「ついて来られない奴は脱がして俺のモデルにするからな」

先生の言葉に、空色は絶望の向こう側を見た。

授業の説明が終わると、津久田先生はビジツカの専門の教室を案内してくれた。

普通教科の教室は本校舎に普通科と一緒にあるが、美術の専門の授業は敷地内の端っこに建てられた地上二階、地下一階建ての美術棟、通称「美棟」というところで行われていた。そこは、あの受験でムキムキエンゼル体操男のヌードを描いた汚い悪夢の建物だ。

地下が彫刻、一階が絵画、二階がデザインと分かれているらしいが、どこを選ぼうが美棟は本当に汚い。それは物理的な汚れというよりも、ビジツカの生徒の怨念が粘り着いたもののように思えた。ちなみに、津久田先生の専門は絵画らしい。

専門の授業は建物の通り、絵画、彫刻、デザインの三つの授業があるそうだ。一年でやりたいジャンルを決め、二年に上がる時にはこの中からどれか一つを選んで、最終的には大学の専門コースに分かれるのだ、と津久田先生が説明してくれた。大学の専門はさらに細分化されているという。

この話を聞く前は、「七年間一貫教育」というものはとんでもなく永い時間だと思えたものだが、高校に入ったばかりで、もう大学の話をされてしまっているのだから、実際にはあっという間なのだろうな、と空色はゾッとした。

そして大学ではイタリアやフランスに留学するカリキュラムもあるらしい。

「俺はなあ、ヨーロッパに何年も渡米していたこともあるんだ」

津久田先生の言うことは話半分以下だな、と思った。

空色には当然、まだ専門など決められなかった。

油絵も描いたことはないし、彫刻なんて小学校のテラコッタ以来やったことない。デザインというのも言葉は知っているけど、実際何をするのか全く知らなかった。そういえば父親はデザイナーだったっけ。

何も考えずにビジツカを選んでしまったけれど、ビジツカを選ぶということは、言い換えれば将来を狭めたことなのだと、ここでようやく空色は気がついた。

絵なんか描いていて、ちゃんとした大人になれるのだろうか。

今の空色に思い浮かぶ美術関係の仕事なんて、美術教師以外にはない。「美術関係の仕事をする」という、普通科より明確な将来があるはずなのに、その輪郭はなんだかひどくぼやけている。

総理大臣にも、医者にも、野球選手にもなれない。

もしかしたらサラリーマンにすら、なれないかもしれない。

2

「出席番号偶数は左、奇数は右、それ以外は真ん中に並べ」

初の体育の授業で、いきなり背の低い筋肉体育教師がそう叫んだ。この学校にまともな教師はいないのだろうか、と空色は暗澹《あんたん》たる気持ちになりながら言う通りに従った。

そして初の授業でいきなり百メートル走のタイムを測らされた。タイムは11・7秒。高校生ならまあまあのタイムだが余裕でクラス一位だった。空色にはスポーツ、それも走ること以外に誇れるモノは何もないのだから、当然といえば当然のことである。

空色のほかにも明らかに脚の速い生徒が四人いたが、ほかはひどいものだった。

これはモテるチャンスかもしれないと空色は思い、体育の授業の後、自分でタイムをさり気なくクラスのタマちゃんという女子に自慢したが、全く相手にされなかった。ビジツカの女子は誰もスポーツなどに興味がなく、空色のアイデンティティは一気に崩壊した。

空色たちは筋肉体育教師を、少し前に発売された栄養ドリンクの名前にちなんで『タフマン』と呼ぶことにした。

その日の夕方、突然教室に一人の「先輩」と名乗る人が入ってきた。

「お前ら五人、帰りに顔出せ」

さっき好タイムを出した五人が指名された。

高校でも先輩の呼び出しなんてあるのかと空色はどんよりした気分になった。中学でも呼び出されてボコボコに殴られたことがある。こんなことならいいタイムなんて出さなければよかった。どうせモテないんだし。

空色たち五人はその先輩に連れられ学校の裏門を出て、住宅街の裏道を歩かされた。

やがて住宅街の一角にとけ込んだ、しなびたスナックのような店に着くと、その先輩は「入れ」と命令した。店の名は「るんるん」という浮ついた恥ずかしい名前だったが、とてもルンルン気分にはなれなかった。

中に入ると、キッチンに太ったオバちゃんが一人と、店の一番奥のソファに、いかにもツッパリっぽい襟の高い学ランを肩に掛けて（亀高の制服はブレザーなのだが）、『湘南爆走族』みたいなリーゼントで煙草を吸っている大柄な男が一人と、三人ほどの取り巻きがいた。

空色たちは店の真ん中に並んで立たされた。ツッパリが空色たちを静かに睨んでいる。

「お前、名前は？」

煙草をフカしているツッパリから低くゆっくりした声で真っ先に空色に指名が飛んだ。

もしかしてあの煙草で根性焼きされるのだろうか、と空色は暗澹たる気持ちになった。

ほかの四人からもビビっている様子が伝わってくる。

「す、す、鈴木です」

名乗りながら先に謝った方が殴られないだろうか、と空色は逡巡《しゅんじゅん》した。

「お前、目立ってるらしいな」

「それほどでも……」

「そんなんでいい絵が描けると思ってんのか！」

ヘラヘラしながら謙遜していると、雷のように怒鳴られた。

え？　このリーゼントのツッパリもビジツカなの？　と空色は驚いた。お絵描きするツッパリなんているのだろうか。五人全員が震えながら、失笑を堪《こら》えるのに必死になった。

ほかの四人も順番に名前を訊かれた。

「そこの小さいヤツ、今日からお前の名前はアースだ」

空色の隣に立っている、髪の毛がもじゃもじゃで唇が厚い色黒の男にツッパリはそう告げた。

その日からその男は永久に「アース」と呼ばれることになった。

「お前らも吸え！」

ツッパリが煙草の箱を空色たちに差し出した。

「あざっす！」

アースが真っ先に煙草を受け取り吸い出した。アースは妙に手慣れた感じだった。

空色がちょっと躊躇《ちゅうちょ》していたら、その他大勢から怒号が飛んだ。

「先輩が吸えって言ってんだろ！」

「す、す、すいません！」「吸いませんだと？」「あ、いや、吸います」と古典落語のようなやり取りをして、空色は煙草をもらった。

空色は生まれて初めて煙草を吸った。煙くてゲホゲホ咳をしたら、ツッパリたちは「ヒャッハー」と村一番の祭りのように喜んだ。

「煙草吸えねぇヤツにいい絵は描けねえんだよ！　常識だろうが」

ツッパリがまた奇怪なことを叫んでいる。本当にこの人、絵なんて描いているのだろうか。

ツッパリの激しさに、空色は疲れはじめた。

「よーし」

そういってツッパリが立ち上がった。ああ、ついに殴られるのか。痛いの嫌だな、と空色は俯いた。

ツッパリが立ち上がるのと同時に、『ツッパリ High School Rock'n' Roll（登校編）』が店内に大音量で流れ出した。もしかして、壮大なコントなのだろうか。空色たちはまた笑いそうになったが必死にこらえた。

「お前、目立っていい気になってんじゃねえぞ！」

また雷が落ちた瞬間、空色の顔に一発、グーパンが飛んできた。目の前に稲光が走る。空色は目がチカチカしながら痛くてうずくまった。なぜか殴られたのは空色だけという不幸。リーゼントのツッパリは学ランの下に、『遊星からの物体X』のTシャツを着ていた。空色はこのツッパリのちぐはぐなセンスに深い謎を感じた。

ちょっと普通の人じゃない。

空色が殴られた後、キッチンのオバちゃんがビールを持って出てきた。高校生にビールを迷いなく出すこのオバちゃんは何者で、ツッパリと一体どういう関係なのだろう。

「いい絵が描きたかったら飲め！」

飲まなかったらどうせまた殴るんだろ？　と、ふて腐れながら空色はビールを一気飲みした。そしてそのまま空色は気を失った。


空色が気づいた時には既に学校に戻っていた。

「このままじゃ殺される」ということで、全員で空色を担いで逃げたらしい。

体育館の裏の地べたに座り、言葉もなくぐったりとしていたら、「あのツッパリの描いた絵、見てみてぇよな」とアースが苦笑いしながら言い、皆で力なく笑った。

四人とダラダラ話してみると、アースは元サッカー部、ほかの三人も元運動部の出身だった。四人ともやっぱり美術には特に興味がないのにビジツカに入ってしまったという。

それから空色はアースたち四人と仲良くなり、クラスの女子からスポーツバカ五人組、通称スポバカと呼ばれ、一括りにされるようになった。

後で聞いた話だが、例のリーゼントのツッパリは留年を二回している三年生で、実は二十歳だという。二十歳にもなってツッパリって、どうなんだと空色は思った。

それ以来、空色たちはリーゼントのツッパリを「稲妻先輩」というクソミソにダサい名前で呼ぶことにした。もちろん稲妻先輩本人には秘密である。バレたらまた殴られる。

元バスケ部のちょっとカッコつけてていつも髪型を気にする大村をダイソン、元水泳部のクネクネして眼鏡を掛けた色白な風呂をバスロマン、元陸上部の無口でいつもビスコばかり食べている、身長百九十五センチの江崎をビスコといつの間にか呼ぶようになった。なぜか空色は、そらいろのままだった。

「奏《かなで》がうちの学校にいるらしいって普通科の奴が言ってた。やべぇ」

突然、アースが教室で妙な噂話を始めた。

「誰？　それ」

「お前『いちご倶楽部』知らねぇのかよ。奏だよ」

アースが信じられないといった顔をした。空色はそのアイドルの名前もグループ名も聞いたことがなかった。

「アイドルなんか松田聖子と薬師丸ひろ子しか知らないよ」

「お前、女に興味ねぇのかよ」

「現実の女とアイドルを一緒に考えるアースがおめでたいんだよ」

「んだと！」

女の子は大好きだし、付き合いたいし、ハダカも見たい空色だが、手の届かないアイドルなんかに興味を持つのは、むしろ虚しいことだとさえ思っていた。

アース自身はその名の通りアース・ウィンド・アンド・ファイアーやクール・アンド・ザ・ギャングを聴いていそうなソウルフルなビジュアルだったが、意外にも無類のアイドル好きらしい。いちご倶楽部がどれほど偉大なのかを滔々と説かれたが、空色は興味がないので話を聞いてなかった。

「奏って、いちご倶楽部のセンターで清楚系でおっとりしていて、すげえかわいいんだよ。金八先生にも出てたんだぞ」

空色はアースの熱弁を無視して欠伸《あくび》しながら窓の外を見た。アイドルより現実。下敷きの切り抜きより生きている女、である。

ビジツカには大きく分けると、三つのタイプの女子がいる。

一つはいかにも絵を描いていますという感じのアート系女子、一つはファッションが好きなんだろうなというちょっと目立つ女子、もう一つは漫画とアニメが好きなオタク系女子だ。

そして、そのいずれのグループにもスポバカ五人は相手にされていなかった。絵の才能も無いし、体育会系でセンスも悪い、オタク話にもついていけない。このクラスでは特技がスポーツというのは、全く需要に繋がらなかった。

アースが、「奏を探しに行こうぜ」と一人盛り上がっていたが、賛同したのはダイソンだけだった。二人は本当に普通科全クラスを見に行こうとしたらしいが、途中で普通科のやつらに「何覗いてんだ」と因縁をつけられて脅されたらしい。空色は行かなくてほっとした。ちなみに二人はそれでも負けずに普通科全クラス覗いたそうだが、結局発見できなかったらしい。

ほらみろ。

やっぱり噂は噂なんだよ、と空色はアースに呆れた。アイドルがこんなしょぼい学校にいるわけがないのである。それより早く彼女が欲しい。桃子が懐かしかった。

家に帰ると猫が居ない。

と思ったら、台所の段ボール箱の中で四角くなっていた。

3

入学してしばらく経ち、ついに専門の授業があった。

初の専門授業は、二時間の静物デッサンとのこと。

どんな授業が行われるんだろうかと、内心不安があったが、これなら散々中学の時に練習したものだと空色は安堵した。

煉瓦や麻縄、ガラス瓶などを組み合わせたモチーフを使ったデッサンで、制限時間二時間は想像以上にあっという間だった。描けた絵は可もなく不可もなくという感じ。

そして続けてその絵の講評会があった。空色には初めてのことだ。

全員分の絵を画鋲で壁に貼り、津久田先生がそれを見ながら一枚ずつ講評していった。

一番褒められたのは「おかちよ」と呼ばれるプライドの高そうな女子だった。それは誰の目にも明らかなくらい巧く、素人の空色にもそれはわかった。

「まあ、こいつは入試でも一番高評価だったからな。それにしても……」

津久田先生が、貼り出されたデッサンの前をうろうろしながら、スポバカ五人の絵を手で叩いた。

「お前ら、本当にひどいな」

言われなくてもわかってます、とうなだれると、同じように他の四人もうんざりした顔をしていた。

「お前ら五人がなんで亀高に合格したか知ってるか？」

「知りませーん」

アースとダイソンが諦めたように答えた。知っている訳がない。

「いい尻の形をしていたからだ」

「はあ？」

「嘘だ。お前ら五人だけ、時間内にデッサンを二枚提出したからだ」

確かに空色は角度を変えて描いた二枚を提出した。ただそれは、単に上手く描けなかったから、もう一枚描き直しただけのつもりだった。結局津久田先生の話は、それでなぜ受かるのかという疑問の答えにはなっていなかった。

「しかしだ、デッサンの下手な画家はいくらでもいる。ワン・フォー・オール、オール・フォー・ワンだ」

うん。それは語感がかっこいいだけで、デッサンの話と関係ないから。

とにかく空色たちの絵がド下手だということがクラスみんなにバレたので、女子たちからの評価はいよいよ「ただのスポーツバカ」として定着してしまった。

野球でもダメ、絵でもダメ。もう頑張りどころがない。

空色は絵を描くことが増々嫌いになってしまった。


久しぶりに屋上に上がって見ると、たった数週間のうちに新宿の街が一段と大きくなっていた。ビルたちは今日もニョキニョキと育っているな、と感心すると同時に、自分のやる気のなさとの反比例を見せつけられた気分になった。

空色は先ほどのデッサンの講評会を思い出した。

描いている時にはわからなかったが、人と比べられると改めて自分の下手クソさがよく分かった。みんなの前に貼られることには、正直もう耐えられそうにない。

絵を描くことにやっぱり興味は持てなかったが、あの羞恥心我慢大会だけはどうにかしなくてはならない。別にあのおかちよと呼ばれるプライドの高そうな女子のレベルになる必要はない。恥をかかない最低限の線でこのつまらない学校生活をするっと切り抜けよう。しかしもっと真剣に桃子に絵を習っておくべきだったと、空色は今更ながら後悔してため息をついた。

「んちゃ！」

よく巷《ちまた》で聞く挨拶が急に大音量で飛び込んできて、空色は驚いた。

空色が億劫そうな顔で振り向くと、この前の音楽科女子が立っていた。ほかの女子はみんな膝下なのに、この女子は相変わらずスカートがとんでもなく短い。

「なに真剣に考えてんの？」

「なんでもないよ」

そばにいるだけで煙草の匂いがした。空色はそれをかぐと、稲妻先輩を思い出してしまい、どうしても受け入れ難かった。

「なんか考えてんじゃん。あ、女のこと？」

「ば……、違うよ。絵のことだよ」

「ふーん、絵に興味ないんじゃなかったっけ？」

そんなこと言ったかな、と空色は顔が赤くなった。

「うるさいな」

空色が文句を言っても、その女子は全く気にしていなかった。

「あたし、もうほんとにピアノが嫌」

音楽科女子は煙草の煙をぶはーっと吐き出しながら訊いてもいないのにそう言った。

緩めた緑色のネクタイが風に揺れていた。

「ピアノ下手だと、クラスの女子とうまく話せないんだよね」

女子は大変なんだな、と空色は少しだけ同情した。男子には無い独特な世界だ。

「じゃ、なんで音楽科入ったの？　てか、よく入れたね」

音楽科女子が空色を大きな瞳でまじまじと見た。

「あんた、ほんとにあたし知らないんだね。特待生だよ」

「トットちゃん？」

「ト、しか合ってない。別にピアノが上手い訳じゃなくて、特別扱いなだけだっちゃ」

「なんで特別扱いなの？」

そう訊くと音楽科女子が、また大きな瞳で空色を見つめてきた。

顔が近づく。

空色の胸が一度だけドキンと脈打った。

音楽科女子の手が、空色の顔に伸びる。

「ねえ」

音楽科女子はさっきとは違う甘い声で囁いてきた。空色は完全に言葉を失った。
女子の顔が空色の顔に触れそうなほど近づく。
煙草の匂いにむせそうになる。
空は真っ赤に焼けていて、新宿の空が女子の瞳に映っていた。
指先が空色の頬に触れる。空色は息ができなかった。
煙草の匂いに混じって、女の子の匂いがする。
その匂いに頭がくらくらする。
顔と顔が重なりそうになる。
息が苦しい。心臓が苦しい。心が苦しい。
女子の唇がゆっくり開いた。
堪らず空色は目をぎゅっと閉じた。
「顔に黒いの付いてるよ」
「え？」
音楽科女子は空色の顔を指先で拭った。
鉛筆の粉だった。
空色の心臓の鼓動は頂点だった。

「ほんとに絵、描いてるんだね」

音楽科女子はそれだけ言い残し、笑いながらまた階段の方へ走り去って行った。

なんなんだ、あいつは。

俺のドキドキを返せ！　と心の中で叫んだ。

空色は夕焼けの屋上にぽつんと一人で残された。


彫刻の授業は美棟の地下で行われた。

担当教師は頭がツルツルで脚が短い、白衣を着たおじいさんだった。

彫刻室には粘土の塑像《そぞう》や、木彫、溶接された意味不明な金属の塊などが転がっている。

空色はちょっとだけ彫刻の授業に期待していた。変なものを作る作業が、なんだか遊んでいるように見えたからだ。

「毎日一匹ずつ、煮干を描きなさい」

はあ？　彫刻の授業なのにまた鉛筆デッサン？　しかも煮干って何？　と空色の頭は疑問でいっぱいになった。

「毎日煮干を描いてると、段々段々、大きく見えてくるんだ」

ツルツルは嬉しそうに両手を広げた。

「スケッチブックいっぱいに煮干の頭を描けるようになったら、それから初めて粘土で大きな煮干を創って、型を取って、石膏像にするからね。楽しみだね」

何を想像しているのか、恍惚《こうこつ》とした表情を浮かべるツルツルをよそに、空色の気持ちはどんどん落ち込んでいった。

ちっとも楽しみじゃないよ。粘土で煮干。

ハダカの女をモデルにして、ギリシャ彫刻みたいなのを作るんじゃないのか、と期待していた空色は、またもや肩透かしを食らった。もっと楽しい授業はないのだろうか。いくらなんでも煮干でやる気は出ない。出るのは出汁《だし》だけだ。芸術ってなんでつまらないことを自ら進んでやるのだろう。空色は深いため息をついた。野球部が恋しかった。


空色は家の冷蔵庫に、母親宛のメモとして『煮干を買ってきたけど、使わないように。課題で使用するのです』と書いて貼っておいた。

明くる朝、『調理学校がんばれ』と返事が書かれて貼ってあった。つまらない突っ込みだが、確かにそう思われても仕方ない。

空色は煮干を一つかじりながら家を出た。

4

最近、女子の視線が怖くて仕方がない。

この頃になると、空色にもだんだんとビジツカのヒエラルキーというものがわかってきた。クラスの女子から相手にされないスポバカたちだったが、そもそも女子の人数の方が多いために、スポバカだけでなくどのみち男子は奴隷のように虐げられてしまう存在だった。掃除当番は全て男子、提出物を集めるのも男子。めんどくさい委員も男子。つまり、なんでも女子の言いなりということだ。これなら中学の方がマシだったが、今更嘆いても遅い。


デザインの授業は赤い眼鏡を掛けた、性格のキツそうなまあまあ若い現役デザイナーの女性教師だった。どうしてこう、美術系の女はみんな怖そうなんだろうか、と空色は不思議に思った。

「はい、そこ。デザインっていったら何?」

その女性教師はいきなりバスロマンを指名した。

「え? え? ファッション?……ええと……」

「あなた、自分の家にあるもの全部、デザインされてないと思ってるの?」

「え？　え？」

「机は？　テレビは？　レコードジャケットは？　洗剤の箱は？」

バスロマンは泣き出した。しかし構わず女性教師は突っ走った。

「目に見えるものほとんど全て誰かがデザインしているのよ。壁のコンセントすらね！」

そんなに矢継ぎ早に言われても話についていけない。

「デザインとアートの違いは？　はい、そこ」

今度はタマちゃんがターゲットになった。

「え？　英語とフランス語？」

「違う！」

赤い眼鏡の先生が頭から湯気を出して叫んだ。

「ヒントはね、正反対ってこと。今あなたたちに説明してもわからないだろうから、これから一年間で答えられるようにビシビシ鍛えるからね！」

なんだかすごいスピード感だな、と空色はついて行けるか心配になった。

「アートはね、何百年も同じことやってるけど、デザインは日々進化しているのよ。スピードについてこられなかったら、デザイナーにはなれないから！」

ぎょっとしていると、まるで心の中を読まれたような激しい言葉が、しんと静まり返った教室に響いた。

なんだかデザインの授業は理屈が多い。理系みたいだ。

正直、まだ鉛筆デッサンの方がマシかも、と空色は思った。

デザインの授業でぐったりした後、重たい空気を変えるように、ダイソンがピンク色の大人の使う風船を膨らませ、それをスポバカでドスし始めた。それを見て女子はますますスポバカたちから遠ざかっていった。風船をシャーペンで割ったダイソンは爽やかに「大人の階段だよね」と言いながら髪をなでつけていたが、一向に女子にはウケなかった。

家に帰り、家の冷蔵庫に『デザインの授業がひどくつまらない』と書いて貼っておいたら、翌朝の母親からの返事は『まだ一回の表』と書かれていた。

まあ、そうなんだけど。でもなんでも出だしが大切だと思うんだけどな、と空色は思いながらトーストをかじった。

猫がほうれん草を食べた。


紫色の何かが、アースの手の中で、うねうねと動いていた。

美棟の彫刻室の隅でアースがスイッチを「強」に入れると、その紫色の何かは、ジージーとさらに派手な音を立てて激しくうねり出し、空色たちはそのへんてこな動きに大爆笑した。

「これどしたん？」

「姉ちゃんの部屋漁ったら出てきた」

「マジかよ！」

「てことは、これは使用済みってこと？」

　ダイソンが嫌そうな顔でそう呟いた。そこでアース以外の四人は、アースの顔の女がこれを使っているところを想像して一気に冷めた。

「興奮した俺がバカだった」

　とダイソンがひどく残念そうに言った。

「バカ、俺の姉ちゃん、すげぇかわいいんだぞ！」

「それはお前の国での話だろ？　ここは日本だよ？」

「てめ、ざけんな」

　アースは本気で怒ってダイソンを蹴ったが、四人はまた爆笑してしまった。

「これ、仕掛けようぜ」

「どこに？」

　彫刻の授業でタマちゃんが床の上でいつも座っている座布団の下に、このうねうね動くモノを仕込んで、そこから延びるコードを持ってすぐ後ろにアースが座った。

煮干をモチーフに粘土をこね始めて十分くらい経った頃、アースがうねうねのスイッチを入れると、派手なモーター音が彫刻室中にういんういん鳴り響いた。

「いやあああああ」

叫び声を上げながら、床から天井に向かって垂直にタマちゃんロケットが発射した。

残された座布団の真ん中が、ういんういん音を立てながら上下運動していた。

「ギャハハハハ！　黒ひげ危機一発！」

空色たちはゲラゲラ笑ったが、これは決定打となり、その後女子たちからひとことも口を聞いてもらえなくなってしまった。どうやら人類として越えてはいけない大事な一線を、ついに越えてしまったようだった。

スポバカ五人は完全に百パーセント圧倒的・決定的にクラスの女子の嫌われ者となった。

やり過ぎたかな？　と後から五人で反省したが、それ以上に黒ひげ危機一発！　が面白かったからそれでいいことにした。

日本史の授業中、一番前の席のタマちゃんから一番後ろの席の空色まで教師にバレないようそっと順繰りにメモが回ってきた。

メモの表に「空色君へ♥タマ」と書いてあったので、空色はドキドキしながら開けると、「死ね」とひとことだけ書いてあった。

5

よく晴れた日の体育の授業で、団体行進の練習をした。

一体何のための行進なのかタフマンに教えて欲しかった。

人数が少ないので、体育の授業はビジツカと音楽科が合同で受けている。

ビジツカ男子十八名と音楽科男子三名（音楽科男子はビジツカ以上に女子の奴隷らしい）が一緒に列になり、タフマンのかけ声で九十度回ったり、全体止まれ、一、二、でぴたっと止まったりしなければならなかった。空色たちはもっと派手に身体を動かしたかった。できれば球技が。

空色は行進しながらグラウンドの反対側で走り幅跳びをしている女子たちのブルマー姿を噛みしめるように心のシャッターを何十枚も切った。お尻と太ももの境界線を区切る紺のブルマーから伸びた女子の白い素足が眩《まぶ》しい。この残像があればエロスの海に行かなくて済む。

ダイソンは、遠くの女子を見ながら、「皆、俺を見てる」とか言って、顎を突き上げて人一倍激しく手足を動かして行進して、タフマンに怒られていた。どこまでも幸せな奴だなあと空色は感心した。

しかし、四十分もやっていると、こんなことでも意外に汗をかく。

「そこ！　ズレてるぞ。一糸まとわず歩け！」

そこは「一糸乱れず」では？　と空色は心の中でタフマンの変な指導に突っ込んだ。津久田先生は狙っている節もあるが、タフマンは天然だろうな、と思った。


体育の授業が終わり、予想外に汗をかいたので、グラウンドから本校舎に戻る途中、美棟にある水道で頭から水を浴びた。

もうすぐ五月になろうとしている。野球の季節だな、と思った。

たっぷり二十秒ほど水を浴びて顔を上げた。頭から落ちた水滴がキラキラと晩春の光を受けて輝いていた。空色は目を閉じて額を伝う水滴の冷たさを味わった。

ゆっくり目を開くと、屋上のいつもの音楽科女子が、ガラクタみたいな創りかけの大きな彫刻の間に立っていた。女子は無言で、空色に向かって手を差し出した。

差し出されたものは、真っ白いタオルだった。

驚いてしばらく見つめ合ってしまったが、空色も無言でタオルを受け取り、そっと顔を埋めると、ふんわりと甘い匂いがした。女子のタオルってすげえな、と空色の胸が締め付けられた。

顔をタオルからそっと上げ、音楽科女子を見る。白い体操服、首筋の汗、細く長い脚、泥で汚れたスニーカー、空色を見つめる大きな瞳、あと一歩の距離。その全てがまるで一つの完成された絵のようだった。

もう一度タオルに顔を埋めて、匂いを感じる。

顔を上げると、女子は空色の姿を少し照れながら下唇を噛んで見守っていた。

また一つ、空色の額に水滴が流れた。

「ありがと」

空色はやっとのことで言葉を発して、濡れたタオルをぶっきらぼうに返した。

本当は返したくなかった。

「今度、絵見せてよ」

音楽科女子が、突然想定外のことを言い出した。

絵？　見せられる絵なんてまだ――

「奏だ！」

遠くからアースの声が聴こえた。

奏？　こないだアースが言ってた、なんとかってアイドル？

「え？　この子が？」

空色は奏を指差しながらアースに訊いた。

「バカ！　しー！」

奏は空色の背中をドンと押して、タオルを持ったままその場から走って去っていった。

確かにかわいいけど、アイドルって煙草吸うのか？　あんな口の聞き方するのか？

どこが清楚系でおっとり？　空色はひどく騙された気分だった。

「お前、奏と何しゃべってたんだよ！」

アースたちが水道のところまで来て、空色に詰問した。どうやら本気で怒っているようだった。奏はもう消えていた。

「てか、なんで仲良さそうだったんだよ！」

「本当にあの子アイドルなの？　ずっと知らなかったわ」

「はあ？　ずっとって、前から知ってたのかよ」

「うん、入学式の時から」

「なんで言わねえんだよ！」

アースは空色の尻を蹴った。

その日は延々そのことを根掘り葉掘り訊かれた。だけど空色は奏のことを何も知らなかったのでアースが喜ぶような情報は言えなかった。もちろん喫煙のことは奏のために隠しておいた。

それよりも、奏に「絵を見せろ」と言われたことが空色の心に深く刺さっていた。ド下手な自分の絵なんて絶対見せたくない。そもそも入学してからまだデッサン三枚くらいしか描いていない。

何を見せればいいんだろう。

いや、見せられるものがないんだから、無理に見せなくてもいいか。でもわざわざ女の子から「見せろ」と言われたんだから、やっぱり何か見せたい。絵に興味なんかないけど、女の子に何か自慢したいという気持ちもある。空色は二つの気持ちの板挟みに揺れた。

入学してぼんやりと一ヶ月近く過ごしてしまったが、いくら絵に興味がないといっても、本当に何もしていないままでいいのだろうか。

一体どうすれば。

家に帰り、ご飯を食べながらテレビを見ていたら、だいふくのアイスのＣＭが流れて味噌汁を吹いた。

ＣＭに奏が出ていた。

奏を初めて見た時にだいふくを思い出したのはこれを見ていたからなのか。ＣＭを見て初めて本当に奏が芸能人だったのだとようやく理解できた。アースのしょうもない妄想じゃなかったんだ。

猫がめずらしく空色の膝の上に載ってきて、ぐるぐる言った。

6

「津久田先生に特訓してもらおう」

奏に言われた日から数日悩んで出た結論を、空色はほかの四人に打ち明けた。

いきなり提案された四人の頭の上には、ハテナマークがぽかりと浮かんでいるようだった。

「突然どうしたの？」

バスロマンが心配そうに空色に訊いてくる。

「いや、やっぱりこのままじゃいけないかなと」

「めんどくさいよ。授業だけでも十分なのに」

ダイソンが反対する。

「変態扱いばっかされてるだけじゃ、モテないだろ？」

「絵、描いたらモテるのかよ」

「……そんなんわかんないけど、何もしないよりマシだろ」

空色がそう言うと、四人とも渋々空色に付き合うことになった。どうせ皆、何もすることがないのだ。

「空色君は女の子にモテたいの？」

「うん」

「空色君のバカ！」

そう言いながらバスロマンが廊下に走り去っていった。


昼休みに空色たち五人は、美棟の職員室の津久田先生のところへ向かった。

「お願いします。デッサン教えてください！」

職員室に入って早々に、空色は素直に頭を下げた。

津久田先生は親子丼を食べながら、じろじろと五人を見渡して返事した。

「俺はなあ、お前らに絵なんか教えないんだよ」

この人、絵の教師じゃなかったっけ？　的なことをさらっと言ってきた。

「なんでですか？　真面目にやりますよ、俺ら」

「あのなあ」

津久田先生は親子丼をかき込むと、丼を机に置き、腕組みしながらもったいつけるように重々しく言った。その言葉は確かに重かった。

「絵は教えられて描くもんじゃなくて、自分で描くもんなんだよ」

この人真面目なことも言うんだ！　と空色は驚いた。しかしその描き方がわからないから教えてもらいに来たのに、これじゃあ打つ手なしとなってしまう。

「空色」

津久田先生はいきなり空色を名指ししてきた。何か大事なことを言うのかと空色はちょっと身構えた。

「はい」

「俺はかぶってないからな」

「何を？」

結局いつもの意味不明なまま話し合いは終わった。

高い授業料を払っているのに、何も教えないという。そんなのアリか？　自分で描けって、何を？　どうやって？　それを教えてくれって言ってるのに、と空色はモヤモヤした。

「教えてくれないなら自分たちでやるしかないんじゃない」とバスロマン。

「やるって何を？」とアース。

「野球でいえばランニング、みたいな基礎かな」と空色。

「絵の基礎って何？」とダイソン。

「………」なビスコ。

誰も答えられない。桃子が言っていたように石膏像だろうか？　何が基礎なのかすらわからなかった。

タマちゃんにも頭を下げたが、当然ひとことも話してくれなかった。黒ひげ危機一発！　の罪は思った以上に重かった。

美棟の廊下に座って五人であれこれ悩んでいたら、稲妻先輩が廊下の向こうからズカズカやってきた。本日のTシャツには『ピンクフラミンゴ』と書かれていた。

「お前ら、円柱だ」

「ウォンチュー？」

「馬鹿野郎！　円柱が基本だ」

稲妻先輩は通りすがりにダイソンにラリアットをかますと、またどこかへ消えていった。

「今のって、もしかしてアドバイス？」

「ほんとにあの人絵を描くんだな」

「てか、俺らが絵で悩んでるの、どうして知ってるんだ？」

それはさておき、稲妻先輩のアドバイスに従い、五人は準備室に行って石膏で出来た円柱を見つけ出し、それだけでは寂しいので、ついでに石膏の球と立方体も持ち出した。

そして絵画室のテーブルにその三つを適当に配置して描いてみた。

あっという間に描けてしまうので、配置を変えたり、下に布を敷いたりして、同じモチーフを五枚程描いた。

が……、クソつまらない。

円柱の絵を見て美しいと思う人が居るのだろうか。

段々描き慣れてはいったが、こんなもの上手くなっても意味はない気がする。

「こんなん、やってられっかよ。つまんねぇ」

怒りながらアースは帰ってしまった。

仕方なく空色たちも引き上げた。なんの成果もないままに。


家に帰ると、冷蔵庫に貼られたメモに『雨だれ石を穿《うが》つ』と書かれていた。意味がさっぱりわからなかった。

カレーを温めながら、この間の美棟の地下での奏のタオルの意味を考えた。

まさかわざわざ俺を待っててくれたのだろうか……。いや、たかがタオルを貸してくれただけだ。たまたま居合わせただけだな、と空色は自分の考えを捨てた。

でもあんなことされたら、嫌でも意識してしまう。

女の子にとってタオルの貸し借りなんて、どうってことないことなんだろうか。

あの日のタオルの匂いが忘れられない。

猫に水皿がカラだと怒られた。


ある月曜日、デッサンの授業でケント紙が配られた。

モチーフは何もなかった。

「何も見ないで、直径十二センチのステンレスと木とシャボン玉の球を描け」

津久田先生はみんなをじろじろ見ると、それだけ言い残して部屋を出ていった。

あとに残されたクラス全員が途方にくれた。

何も見ないでって、ユリ・ゲラーかよ……と、空色は困惑した。石膏しか描いていなかったので、ステンレスも木もシャボン玉もどうしていいかわからない。

そういえば以前、桃子が「質感を描け」と言っていたことを思い出した。これか！　しかし一度も描いたことも見たこともないんだから描けるはずがない。

稲妻先輩、円柱役に立たないじゃん……と、稲妻先輩を呪った。

それにしてもこの課題にどういう意味があるのだろう。

なんだか、入学前に空色が想像していた「美術《アート》」からは、どんどん遠くなるばかりな気がした。

空色が描いたデッサンは、金星と火星と木星にしか見えなかった。


空色たち五人は授業のあと、アルマイトの鍋と木の人形を描く練習をした。

気がついたらアースとダイソンは消えていたので、空色とビスコとバスロマンの三人だけで続けて描くことにした。一人じゃとても続けられないけれど、二人が残ってくれたからどうにか放課後の特訓は続けることができた。

金属と木は、見て描いても難しい。質感ではなく模様に見えてしまう。金属も木もどちらも硬いが別のものだ。それを同じ鉛筆だけでどうやって違いを描き分けるのか、さっぱりわからなかった。

仕方なく気休めにシャボン玉を実際に作って描くことにした。シャボン玉に至っては、五秒くらいで消えてしまうから凝視するしかなかったが、シャボン玉の向こう側は一秒も同じではないので、心のシャッターすら不可能だった。

なぜかバスロマンがシャボン玉を吹きながら「うふふふ」と楽しそうに笑っていた。少女漫画のようでもあるが、怪奇漫画のようでもあった。

しかし次の週、さらに無茶な注文を津久田先生が出してきた。

「何も見ないで割れたワイングラスを描け」

「割れたグラス⁉」

まだガラス自体を一度も描いたことがないのに、それが割れているところを想像で描けって一体……。

とりあえず何がなんだかわからないまま描いたら、虫の大群みたいになった。

割れても見えないし、そもそもワイングラスに見えない。というか人生で一度もワイングラスを手にとってみたことがない。

ワイングラスって、どんな形をしてたっけ？

大体、透明なものなんて、鉛筆で描けるのか？

あまりの出来の酷さに、恥ずかしくて提出しないで丸めて捨てた。

これは仕方がない、無理無理。津久田先生が変態なだけだ、と空色は無理やり自分に言い聞かせた。

しかしおかちよの提出した絵を見て、空色は腰を抜かしそうになった。どう見てもモチーフを見ながら描いたように見える。ケント紙の上には、チェックのテーブルクロスの上で倒れて割れたワイングラスがそこに存在していた。

次の日の放課後、ガラスの試験管やフラスコを集めて、今度は必死にガラスを描いた。

いくら描いても透明に見えない。ガラスの向こう側を描くのか、描かないのかがわからない。向こう側を描いたら、ガラスの周りも描くのか？　描かないのか？　鉛筆は黒いのに、透明なものを描くのは不可能なんじゃないのか。よく見ると透明だけど、厚みがある。透明なのに厚みがあるってどうすりゃいいんだ？　ガラスは金属や木よりもはるかに難しかった。

そうして一週間が経ったある日。今度は津久田先生は、床に大きな三つの紙袋を置いた。

「ここに中の見えない紙袋が三つある。中身は石膏の粉と、コンクリートの破片と、水だ。それを描き分けろ。今度は見ながらだから簡単だろ？」

空色がいくら特訓をしても、その斜め上を行く要求を次々にされることに、頭がおかしくなりそうだった。中身を見ないでって、エスパー清田か。

津久田先生の宇宙的異次元的なデッサンの授業についていけない。このままでは自分が津久田先生のヌードモデルだ、と空色は恐怖を感じた。

この「見ないで描くシリーズ」に一体どんな意味があるのだろう。見ながら描いた方がはるかに上手く描けるのに。いや、見ても大したものは描けないけど。

「特訓の効果全然ないね」

バスロマンが俯きながら寂しそうに呟いた。

家に帰ると冷蔵庫のメモに『臥薪嘗胆』と書かれていた。読めなかった。

ふと見ると、猫のトイレの砂が大変なことになっていた。

その次の授業では、「今晩喰いたい晩飯を描け」と言われた。もちろん何も見ずに。今まで硬いものしか描いてこなかったので、生ものや温かいものなど、当然描いたことはない。これも記憶力と表現力の両方が試されているのだろう。食べ物は身近なものだが、何も浮かばない。自分がいかに普段、物を見ていないかがよくわかった。

人間は目の前にあるものを、何も見てなどいないということに空色は気づいた。

そうして散々迷った挙げ句、カレーライスを描いてみたが、結果は表現してはいけないものにしか見えなかった。

何も見ないで描けるわけねーだろ！　と、空色はまた絵をビリビリに破いて捨てた。

しかし何も見ないで描くシリーズのために、空色は普段からものをよく見る癖がついてきた。目に入るものはなんでも輪郭を追ってしまう。椅子の形、歯磨きチューブの形、エレベータのボタンの形。これらはきっともう見ないでも描ける。

普段からものをよく見ろ、と先生は言いたいのだろうか。

誰もいない夜の暗い絵画室で、空色は今まで描いた自分の絵を眺めていた。

こんなんじゃ、いつまで経っても奏に見せられる絵なんて描けない。一体どうすればいいのだろうか。

こんな地味なのばかりじゃなくて、もっと誰もが綺麗だと思えるような派手な絵を描きたい。いつまでこの何も見ないで描くシリーズを続けるのだろう。

ぼんやり考えていたら津久田先生がいつの間にかニヤニヤしながら部屋に入ってきた。十時を過ぎたから部屋の鍵を閉めに来たのだろう。

「空色、爆発してるか?」

「何がですか?」

「岡本太郎がマクセルのCMで言ってるだろう。芸術は爆発だって」

「はあ」

「俺も意味は知らないけどな」

なんの話だかさっぱりわからない。まあ、いつものことだ。

それでも空色は素直に訊いてみた。

「何も見ないで描くことに意味なんてあるんですか」

津久田先生はさらに嬉しそうな顔をしながら空色の絵を見て答えた。

「見えるものは誰でも描けるんだよ。見えないものを描くことが真の創造《アート》だろ」

決め台詞《ゼリフ》のように先生は言い終わったあと、またニヤリと笑った。

「その見えるものがまだ描けないんですけど」

「見えるものすら描けない生徒は入学させてない」

先生にそう言われながら空色は部屋から追い出された。

自分は間違いで入学したんじゃないだろうか、と空色は悲しくなった。みんなのレベルについていけない。特におかちよとは、大人と子供の差だ。

見えないものを描くには、まず見えるものを何でも描けるようにならなくてはいけない。

先生の課題を先回りしてなんでも描けるようにならないと、授業についていけない。なんだか野球より厳しい気がする。

空色は次の日の放課後、一人でもう一度、稲妻先輩の言うように円柱から描いてみた。すると皿もコップも鉛筆さえも円柱でできていることに気づく。ほかのものも、大体全ては円柱か立方体の組み合わせでできていることがわかってきた。

円柱が描けなければ、その先に進めない。

円柱のキモは楕円の両端とパースだ。

円柱の形が正確に描けるようになれば次は、質感だ。形がちゃんと描けてなかったから試験管がガラスに見えなかったのだ。硬いもの、軟らかいもの。白いもの、黒いもの。反射するもの、透明なものを鉛筆だけで描き分ける。あの中学の眼鏡女子三人組が言っていたように、鉛筆を使い分けると、確かに硬いものは硬い鉛筆で、軟らかいものは軟らかい鉛筆で描けることに気づいた。

描いては消し、消しては描く。

対象を穴が開くほどよく見る。裏側や内側や底まで。

そして紙の白さと鉛筆の最大の濃さのグラデーションで質感を表現する。

やがて煉瓦や瓶や布を描いた絵は徐々に重さと実在感を伴い、紙の上にもう一つの世界を現した。空色はその瞬間、雷に打たれたような興奮を覚えた。

これか。

ほんの少しだけ、鉛筆デッサンが面白くなってきたような気がした。

家に帰ると猫が円柱になっていた。んなわけない。

7

六月になった。

群馬県の水上《みなかみ》に、ビジツカ一年生全員で、二泊三日の絵画合宿に行くことになった。

修学旅行のような楽しい旅行ではない。ひたすら絵を描くためだけの強化合宿である。

油画の授業はまだ始まってなかったのに、いきなり油彩で風景画を描けという。道具を買わされただけで、使い方の説明すら聞いていなかった。

アースがバスガイドから口紅を借り、真っ赤な唇にしてバスのマイクで、『い・け・な・いルージュマジック』を歌って、またしても女子たちから大ひんしゅくを買っていた。皆、楽しくないギリギリのスケジュールの合宿にピリピリしていた。

そういえば桃子がいつも油絵描いていたな、と空色は行きのバスの中で桃子をぼんやり思い出した。今頃、どうしているのだろう。

今でも桃子を好きだったが、不思議と今すぐ会いたいという気持ちは湧かなかった。


宿に着いて休憩もそこそこに、道具を持って湖まで全員で歩いていった。

山でも湖でも、好きなものを描けという。みんな思い思いに散らばり、折りたたみ式のイーゼルと椅子を立てた。キャンバスは結構大きい十号だ。

空色たちは五人一緒に湖に向かって横一列に並んだが、女子はスポバカ五人の半径五十メートル内に近づいてくれなかった。

とはいえすぐにやる気が出るはずもなく、下書きを始める前にすぐに飽きてしまい、空色はおかちよの後ろにしゃがんで描き始めるところをぼけーっと見ていた。

おかちよは下書きもせず、迷いなくパレットでビリジアンとバーント・シェンナの絵の具を混色してキャンバスに載せていった。みるみるうちに山に立体的な木々が生えていった。

「すごいね」

空色は後ろからおかちよに声を掛けた。

「他人《ひと》の見てないで、自分の描きなよ」

おかちよは振り向きもせずに筆を進めながら正論を言った。全く言い返せない。スポバカたちのところに戻ると、ダイソンがすでに空と雲を描き始めていた。

「俺は生まれ変わったらメキシコのボクサーになるぜ」

ダイソンはそう宣言していたが、まだ十五歳なんだから来世の心配より、今世の心配をした方がいいのに、と空色は心の中で呟いた。

二泊三日と言っても、実質二日間しか時間はない。

しかしいつまで経っても空色は何も描き始められず、初日はほとんど真っ白なキャンバスのまま終わってしまった。

夜、宿舎で当然のようにアースとダイソンが女子風呂を覗こうと大浴場の窓を開けてみたが、下は崖で、窓伝いに覗くのは不可能だった。

空色が頭を洗っていると、背中にぐんにゃりした感触がした。振り向くとアースが無言で泡だらけの股間を空色に押しつけてきていた。その後ろにはダイソンとビスコが泡だらけの股間で並んでいて、「ジェットストリームアタック！」と叫んで、アースとダイソンとビスコが次々に股間を空色の背中に押しつけてきた。

空色は桶一杯の冷水をアースたちにぶちまけると、アースは悲鳴をあげながら湯船にダイブした。窓全開でフリチンのまま冷水の掛け合い合戦で二時間遊んでいたら、空色は次の日風邪をひいてしまった。


二日目、なんだかんだで空色以外の四人はかなり描き進めていた。とりあえず何か描かなきゃと焦った空色は、山を緑色に、湖を青に、橋を赤く描いた。結果、幼稚園児以下の絵になった。山にも見えないし、湖にも見えない。風景には石膏のようにはっきりとした陰影があるわけじゃないので、またしても描き方が分からない。大体入学以来、色のついた絵は初めてだ。なぜこうも次から次へとSM的無理難題を押しつけられるのだろう。もっと優しく手取り足取り教えてくれてもいいのに、と空色は不満をキャンバスにぶちまけた。

空色は熱のせいで頭が痛くて何も考えられなくなってきた。

「絵の具は混ぜるんだよ」

タマちゃんが空色の後ろを通りかかりながら、非常に基本的かつ決定的かつ根源的な点について指摘してきた。ちょっと頭に来たが、言われる通り空色の絵は絵の具のチューブから出した色、そのままだった。

「俺はこういう斬新な絵柄なんだよ！」

タマちゃんに強がりを言い、さらに風景とは無関係なオレンジや紫などのチューブそのままの派手な色をどんどん空や山に載せていった。幼稚園児の絵から、今度は大量殺人鬼が描く、どうにかしている人のような絵になった。

空色は熱でフラフラになったが、このまま提出したらどうにかしている人に認定されてしまうので、この絵は一日無かったことにして潰そうと、今まで描いた極彩色の絵の上から白い絵の具を直接キャンバスにペインティングナイフで塗りたくった。

当然下地が乾いていないので、派手な色と白い絵の具が、キャンバスの上で混じり合った。しかしいくら白い絵の具を投入しても、絵は潰れなかった。ぼんやりとした山と、ぼんやりとした湖とぼんやりした橋らしきものが残ってしまったけど白い絵の具を全て使い切ってしまったので、もう潰すことすらできない。終わったな、と空色は諦めた。

そのまま二日目が過ぎた。

三日目の朝、空色は三十九度の熱が出た。

布団から起き上がれず、外に出て絵を描くことはできなかった。

部屋で寝ていると津久田先生に起こされて、タクシーに乗せられ、地元の小さな病院に連れていかれた。

「じゃあ、服を全部脱いで」

名前を呼ばれてフラフラしながら診察室に入ると、年老いた医師がそう指示してきた。

くらくらする頭で、何も不思議に思わず従い、熱があるのにパンツだけでベッドに横になると、その医師は空色の身体をなにやら触り始めた。変態なのだろうかと思ったが、黙ってされるがままにしていると、脚の付け根や鎖骨の下のツボをぎゅうぎゅう押してきた。

「痛い、痛い、痛い」

「ネイティヴ・アメリカンはね、こうやってツボを押して熱を下げるんだよ」

ネイティヴ・アメリカン？　群馬県で？　なぜツボ？

本当にツボ押しで熱が下がるのだろうか。聞いたことない。空色は熱で文句を言うことも出来ずに、胸や股間のツボを押されまくって、結局薬も注射もなく旅館に帰った。

「あの医者、頭おかしいだろ？　だから俺は絶対にかからないんだ」

津久田先生がしれっとそう言った。知ってるなら連れてくな。

思った通り、ツボ押しで熱が下がることはなく、外に出て絵を描くことは無理だった。

キャンバスを白く潰しただけで何も描いていないのに、動くことすら出来ない。

帰りたい。

何もかも忘れたい。ツボも絵も。

布団の中に入りながら、自分のひどい絵を眺めた。ひどすぎる。

くそー。三十九度の熱でもできることはたぶんこれだけだろう、と思い、赤い絵の具のチューブに面相筆を突っ込んで、記憶していた橋げたを細かく描いた。なんとなくそこだけピントが合った絵のように見える。

ひどすぎるけど、今の俺だ、と空色は覚悟を決めた。

誰のせいでもない、自分の実力そのものだ。

もうこれでいい、と決めて空色はそのまま眠ってしまった。


午後になり、全員が宿舎に引き上げてきた。タイムリミットだった。

空色も起き上がり、恥ずかしながらも自分の作品を提出した。

食堂に全員の絵を並べて講評会が行われた。

空色の体調は回復していなかったが、講評会には参加した。自分の失敗した絵は恥ずかしかったが、みんなの絵が見たかったからだ。

「お前ら、下手だなあ」

津久田先生は全員の絵を見ながら心の底からぼやいた。ほとんどの生徒が初めて描いた油画だったので当たり前だった。

「特におかちよ」

え？　という動揺がみんなの間を走った。

誰が見てもおかちよの絵は一番リアルで上手かった。木々の一本一本が本物の木に見えた。

それなのに先生はおかちよの絵を真っ先に指摘した。

「お前、リアルに描けばいいと思ってるだろ」

おかちよが唇を噛んだ。

「空気が全然描けていない。上手い絵と良い絵は違うんだよ」

おかちよの顔は怒りと恥ずかしさで真っ赤になっていた。おかちよの絵が批判されてしまったら、残りは褒めようがない。

「ほかはもっとひどいけどな」

津久田先生は絵の周りを歩きながら、一つ一つバカにした目で見ていた。

「これだけマシか」

そう言って一つのキャンバスを取り上げた。

それは空色のぼんやりした、絵とは言えないような絵だった。

空色は驚くというより、また変なことを言われるのかとビクビクした。

「ターナーのつもりか?」

津久田先生はジロリと空色を見ながら訊いてきた。

「棚野さんて誰ですか?」

空色の噛み合っていない答えに失笑が聴こえた。空色には笑われた意味がわからなかった。白く潰しただけなのになぜ選ばれたのか、空色には理解できなかった。それより頭が痛い、身体がダルい。吐き気すらする。あのダメ医者め、今度会ったらどついてやる。二度と会わないけど。

津久田先生は空色の絵の評価を続けた。

「全員の中で唯一、自分の心で見た風景が描かれている。空気も描けている。ほかのは目で見た風景をそのまま描いただけだ。だからこれが一番良い」

おかちよが、ガタっと立ち上がり、食堂を出ていってしまった。

「いいか、時間をかければいいってもんじゃないんだ。光陰矢の如し、糠に釘、オール・ユー・ニード・イズ・ラブだ」

うん、それただの歌詞だから、と空色は熱にうなされながらも心の中で突っ込んだ。

空色は驚いた。初めて津久田先生が褒めてくれた。

しかし、心で見た風景？　空気？　なんだそりゃ。白く潰しただけなのに、こんな状態の絵を褒められていいのだろうか？　自分で描いたが、褒められた意味がわからない。自分の描いた絵の良さがわからない。確かにほかのみんなの絵と比べたら、一人だけ飛び抜けて変な絵だが。というかこれは絵なのか？

空色は芸術というものがなんだか増々わからなくなった。


合宿が終わり、空色たちは東京に戻ってきた。

それから二日間学校を休んで寝ていた。

『初めて描いた油絵をクラスで一番ほめられた』

そうメモに書いて冷蔵庫に貼っておいたら、

『お父さんに聞かせたいね』

と、返事が書かれていた。

二年以上会っていない父親に、絵の話をする気はさらさらなかった。

空色は『ベストヒットＵＳＡ』を観ながら、二日ぶりに冷めたお粥を温め直して食べた。

布団の中で猫の手足を引っ張って遊ぶと、猫パンチで怒られた。

8

熱が下がった次の日、空色は意気揚々と登校した。

空色は今までで一番、学校に行きたい気持ちになっていた。津久田先生に褒められた絵を、奏に見せたかったからだ。

七時限目が終わったところで、空色はキャンバスを持って本校舎の屋上に上がった。いつもこの時間、奏は屋上で煙草を吸っているはずだ。

屋上に上がると、やはり奏がいた。初めて空色から声を掛けてみた。

「よ」

「おお、少年」

自分だって少女のくせに、と空色は思った。しかしこの前のタオルを思い出して、空色は少しだけ照れながら話を続けた。

「名前、奏っていうんだって?」

「そうだっちゃ」

「アイドルだなんて知らなかったよ」

「知らなかったから話したんだよ」

奏はそう言って煙草を深く吸い込んだ。

「俺、歌謡曲は聴かないから、知らなくてごめん」

「あたしだって、歌謡曲は嫌いだよ」

「そうなの？」

「うん」

「じゃあ、なんで歌ってるの？」

「それは……」

珍しく奏が言葉を濁した。言いたくないことだってあるだろう。空色は話を変えた。

「絵、持って来たよ」

空色は合宿の絵を得意げに見せた。空色は奏に褒められたかった。

しかし奏は絵を見ても無反応だった。

「あれ？　ダメだった？」

「ごめん、あたし、絵ってよくわからない」

自分から見せろって言ったのに、と空色はちょっと頬を膨らませた。しかし、確かに自分でも良さがわからない絵を、他人が良いと思うとも思えなかった。やはり津久田先生のセンスがおかしいのかもしれない。頭もおかしいけど。

「これ初めて描いた油絵なんだけど、先生に褒められたんだ。クラスで一番いいって」

「そうなんだ。すごいじゃん」

奏は素直に驚き、煙草を吸いながら屈んで空色の絵を見た。

二つボタンを開けたブラウスがふんわりと開き、白くて丸い胸元がほんの少しだけ見えた。

空色は目が離せなくなり、奏の声も聴こえなくなった。

女の身体って、たったこれだけでも綺麗なカーブなんだな、と空色は思った。

無意識に頭の中で楕円を描いていた。

女の身体は円柱や球で出来ている。

ああ、だからみんな女の身体を描くのか。と、ようやく授業や稲妻先輩のアドバイスの意味がわかった気がした。

このカーブを描いてみたい、と空色は想像した。

空色が胸元を見ていることに奏は気がついているようだったが、隠そうとしなかった。

「見たい？」

「え？」

空色の心臓が高鳴った。心の中を読まれている。

ここで？　今？

空色の心臓の鼓動が頂点に達した。

「あたしがピアノ弾いてるとこ」

そっちか！　と空色は己の妄想を呪った。

胸のカーブの行き先が見られるのかと思ったのに。

「絵、見せてくれたから」

「うん。見たい」

「じゃ、行こ」

奏はそう言い、空色の手をつないで引っ張った。空色は真っ赤になりながらも、その手を離せずにいた。

女の子と生まれて初めて手をつないだ。

柔らかくて冷たい小さな手。

空色はこの手の感触を一生忘れないだろうな、と思いながら階段へのドアを開いた。

空色は音楽棟に入るのは初めてだった。美棟とは全然雰囲気が違い、なんだかお金持ちそうな空気だ。あちこちから色々な音が聴こえてくる。

小さな部屋に入ると、そこにはグランドピアノが置いてあった。

美棟の汚い絵画室と違い、漆黒のグランドピアノはピカピカに磨かれていた。

奏は椅子に座り、姿勢を正した。

「あたし、本当に下手だからね」

奏は照れながら静かに鍵盤に指先を置いた。

やがて音階が奏の小さな手のひらからこぼれだした。

さっきつないだ手のひらから。

空色には何の曲だかわからなかったが、奏が下手なのはよくわかった。それでも人が一生懸命に弾いている姿を見るのは心地よかった。

音楽は人に伝わりやすいな、と空色は目を閉じながら思った。

絵で人を感動させるなんてことはできるのだろうか。よく考えたら、空色自身が絵を見て感動したことがない。今度美術館に絵を観に行ってみよう、と空色は初めて思いついた。

そんなことを考えていたら、いつの間にか奏の演奏は終わっていた。

「どうだった？」

「ごめん、俺、クラシックってよくわからない」

空色は奏と同じようにとぼけて返した。奏はちょっとだけ膨れて空色の腕を打《ぶ》った。そしてその後二人で笑った。

「ねえ」

奏は鍵盤をいくつか叩きながら話を続けた。空色は打たれた腕にさりげなく触れた。

「君、名前、なんていうの？」

いつの間にか「あんた」から、「君」に変わっていた。

「俺？」

「うん」

空色はちょっとだけ照れた。

奏はその照れた顔をじっと見つめていた。

「空色」

No.
Date

1

津久田先生が黒板に大きく、よくある両端に矢印のついた横線を二本描いた。一本は外向き、一本は内向きの矢印だった。

「内向きの矢印の方が長く見えるが、この矢印は二本とも長さが同じだ。だからな、お前ら明日から両手を上げて歩け。そうすれば身長が高く見える」

相変わらず意味のない話をして、ホームルームは終わった。

津久田先生は、大体三十回に一回くらいしか意味のあることを言わない。それを聞き逃さないようにするのは骨が折れた。

昼休み、空色はスポバカ四人をキャッチボールに誘った。ボールとグラブは何十年前からあるのかわからないものが絵画室の隅の段ボール箱に入っていた。

美棟と体育館の間の狭い通路でボールを回した。スポバカたちは野球部でもないのに、さすがにキャッチボールも上手かった。

ぽーんとボールを放る。それを捕る。ぽーんと投げ返す。

それだけなのに、どう考えてもデッサンより楽しい。

空色はアースを座らせて、セットポジションでストライクゾーンに球を放り込んだ。ボールはやや高めに外れたが、アースはしっかりキャッチした。

続けて全員で同じことをする。驚いたことに、バスロマンは空色を上回る豪速球で、アースは怖がってボールから逃げた。野球部の面目まるつぶれの空色は、心底がっかりした。

そしてまたボールを回す。

「あのさあ」

ボールを放りながら、空色がみんなに訊く。

「んだよ」

「今度さあ、美術館行ってみない？」

「はあ？」とアース。

「興味ない」とダイソン。

後の二人は黙っていた。

「行ったことないだろ」

「ねえよ」

「そしてどうせ暇だろ」

空色がそう突っ込むと、全員、言葉を失った。みんな暇でやることがないのである。

アースとダイソンは最後まで抵抗したが、帰りに上野でカレー専門店の『クラウンエース』で特盛りのカツカレーを食いに行こう、ということで四人とも美術館に行くことに同意した。


日曜日、空色は上野駅改札で四人と待ち合わせた。

小学校の遠足で上野動物園に来て以来だった。

「先にパンダ見ようよ」

バスロマンがはしゃぎながらアピールしたが、皆聴こえないふりをして、まっすぐ美術館に向かった。

東京都美術館に辿り着くと、人の多さに驚いた。

「美術館てこんなに混んでるのか。なんか静かなイメージだったけど」

アースは生まれて初めての美術館の様子に甚《いた》く驚いていた。

おばちゃんや子供たちが圧倒的に多い。こんなに多くの人が絵に興味なんか持っているのだろうか。同じお金で映画でも観た方が楽しいだろうに、わざわざこんなに混んだところに来るなんて、と空色は不思議に思った。

館内を見渡すと、部屋ごとに違う展示会の名前が書いてあるが、どれが何なのかは空色たちにはさっぱりわからなかった。

「とりあえずこれじゃね？」

アースが指差した先には、イギリスのテート・ギャラリー展と書かれている。

よくわからないままそれにしよう、ということになり、高校生チケット八百円を支払い、中に入った。入り口は狭かったが、中は驚くほど天井が高く広かった。

空色は真っ白な展示室に入った瞬間、既視感を覚えた。小さい頃、親に連れられて美術館に来たことがあるような気がした。しかし何を観たかは思い出せない。あれは確か小学一年生くらいで家族三人だったような気がする。父親の思い出なんかいらないのに。

それにしても、どの作品の作者の名前を見ても全く知らないものばかりだった。ピカソやゴッホなどの有名な画家の作品が展示されていると思っていたのに。

壁に書いてある説明を読むと、どうやらイギリスにある美術館の収蔵品らしいということがわかった。

どれが良いか悪いかなどはさっぱりわからない。

バスロマンが、小声で「こっちこっち」と手を振ってきた。

空色たちがその展示の前に行くと、そこには『ウイリアム・ターナー』と書かれた絵が掛かっていた。

「これが棚野さんか……」

ダイソンが腕組みして空色をバカにした。空色はダイソンを気にせずその絵を観た。

空色のいい加減な絵とは、ぼんやりしたところが同じなだけで、全然違っていた。

空気を描け、と言っていた津久田先生の言葉を思い出した。確かにこの絵には空気と光が描かれている。『解体されるために最後の停泊地に曳かれてゆく戦艦テメレール号』と題してあった。題名は長いがこの絵は好きかも、と空色は思った。

テート・ギャラリー展を一通り見終わった後、ビスコがほかの部屋の展示も観ようと言いだした。テート・ギャラリー展だけでも結構ぐったり疲れたのだが、せっかく上野まで来たし、ほかの展示はタダらしいので、一つだけ観てみることにした。

入り口に『大創現会展』と書かれている。

中に入ると、さっきのテート・ギャラリー展とは随分違う展示内容だった。

何が違うのかよくわからないが、なんとなく変だ。写実的なゴミ袋とか、空を飛ぶおじさんの絵とか、意味不明なものばかりだ。

「なんか下手じゃねえ?」

アースが眉間にしわを寄せながら耳打ちしてきた。

確かに明らかに下手なのが混じっている。入り口の数点はそれなりに迫力があったが、残りの四百点くらいは、なんだかかなり残念な内容だ。

　空色たちは途中で観るのを止めて、展示室を出ることにした。

「空色君」

　展示室を出た瞬間に空色は誰かに声を掛けられた。

　振り向くとそこには桃子が立っていた。ピンクのワンピースで一瞬イメージと違って見えた。

中学の卒業式以来だった。

「桃子……あ、いや、吉田」

　いきなりだったので、つい名前で呼んでしまった。

「何してるのこんなとこで」

　桃子は訝《いぶか》しげな目で空色を見ていた。後ろには桃子のほかに女子が四人いた。

「絵、観てたんだよ」

「あなた、絵なんて観るの？」

「俺らビジツカだからね」

　空色はちょっと得意げに言ってみた。

「美術科って……、亀高入ったの？」

「受けるって言ったじゃん！」

「どうせ落ちると思ってたのよ。デッサン下手だから」

桃子の自分へのあまりの興味のなさに、空色は肩を落とした。

「亀高？　ふんっ」

五人の中で一番背が高く、やけに綺麗な女子が鼻で笑った。やっぱり笑われるような学校名なのか。それとも女子芸の方が格上だと思ってるのだろうか。

「で、何？　あなたたち、大創現会展に出品でもしたの？」

桃子は空色たちが出てきた部屋に書かれた名前を言った。

「いや、出してないよ」

「出品もしてないのに、公募展なんて観る価値ないわ」

「公募展って、何？」

「あなたそれすら知らないの？」

桃子の説明によると、大創現会展は一般の美術団体の絵の公募であり、過去の有名画家の作品の展示とは全く違うものだそうだ。

「おじいちゃんが、趣味のお絵描き教室で描いた絵よ」

「おじいちゃんが趣味で描いたっていいじゃないか」

「やっぱりあなたたちも趣味レベルってことね」

桃子は中学時代のように冷たくそう言い放った。

それが本当なら、そういう素人の絵とターナーの絵が、同じ美術館に飾られていることに驚いた。『ベストヒットＵＳＡ』と、『ＮＨＫのど自慢』を一緒にするようなものじゃないか。

「おい、そんなこといいから、紹介しろよ」

アースが待ちきれないように空色を急かした。

「この子は吉田桃子。中学の同級生だよ。あとの四人は知らない」

「みんな、女子芸高等部よ」

アースとダイソンは下心丸出しの目つきで五人をじろじろ見回していた。しかし女子芸の女子たちはみんな、空色たちには全く興味がないようだった。

アースとダイソンが嬉しそうに桃子に声を掛けた。

「一緒にお茶しない？」


「ちくしょう、女にモテたいぜ！」

ダイソンが上野公園の真ん中で大声で叫ぶと、鳩の群れがバーッと飛び去った。

アースたちの誘いをあっけなく断り、桃子たちは上野藝大生との合コンに行くという。むしろ、そっちがメインで上野に来たらしい。

大学生だというだけで差をつけられているのに、しかも美大最強の上野藝大というところが、ブランド志向っぽくて嫌だ、と空色は思った。

桃子はそんな安っぽい女になってしまったのだろうか。一樹とはどうしているのだろう。空色たちはやるせない気持ちをぶつけるあてもなく公園を放浪した。

「やりてえなあ」

アースも否定しようのない呟きをこぼしながら歩いた。まさか桃子は合コンでそんなことしないよな、とちょっと心配になった。大学生相手じゃ何されるか分からない。

「僕はそうでもないな」

バスロマンはアースとは違う意見だった。

「………」

ビスコは何も言わずに、歩きながらビスコを食べ続けた。

空色はみんなの後について何かを考えながらのろのろ歩いていた。

そして意を決したように、噴水の前で叫んだ。

「ハダカ見よう、ハダカ！」

空色の叫びに、周りに居た家族連れがサーッと引いていった。

「どうやって?」

「やっぱヌードデッサンだろ」

「また絵の話かよ。俺、桃子ちゃんとやりてえよ」

「ヌードデッサンが一番近道だって。モテないんだからしょうがないだろ」

ナンパする勇気はない。学校でもモテない。出会い方がわからない。

五人でいくら話しても、ヌードデッサンする以外に女のハダカを見る手段は思いつかなかった。ましてて付き合うなどありえない。

アースとダイソンが相変わらずかなり難色を示したが、最終的には空色の案に従い、津久田先生に頼むことにした。この前は漠然と絵を教えてくれと頼んだが、今回は具体的で積極的な要請だから、先生も聞いてくれるんじゃないかと空色は信じた。

空色たちはクラウンエースで特盛りカツカレーを食べた後、『ブレードランナー』の先行ロードショウを観て帰ることにした。

家に帰ると、猫が本棚の一番上から肩に飛び乗ってきて驚いた。

2

週が明けた月曜日、また職員室にいる津久田先生のところに五人で行った。

先生は中華丼を食べていた。

「先生、どうしてもヌードデッサンしたいんです」

空色が先陣を切って頭を下げた。

津久田先生は中華丼を食べながら空色たちをじろじろと見た。当然、絵が描きたいのではなく、ハダカが見たいという理由は見透かされているのだろう。

先生は丼を持ちながら、睨みつけるように空色たちに言った。

「おかちよはな､学校の課題以外にも街の絵画グループに所属していて､そこで毎週ヌードデッサンやってるぞ。お前らにその覚悟があるのか」

おかちよ、すげえ努力してんだな！　と五人は驚いた。ただの自信家じゃないのか。上手いのには上手い理由があるんだ。

「俺たちそんな金、ないです」

「ヌードが描きたいなら、お前らがハダカになってお互いに描けばいいじゃないか」

「女のハダカが描きたいんです。女じゃなきゃダメなんです」

　空色はストレートに本心をそのまま言った。

「ダメだ。お前ら女のハダカが見たいだけだろ」

「綺麗なものを描きたいだけです」

「綺麗なものはほかにもあるだろ、犬とか歩道橋とか」

「女のハダカじゃなきゃダメなんです！」

　津久田先生は中華丼を食べながらしばらく考え込んでいた。

　空色たちは津久田先生の言葉を待った。

　あまりにずっと食べているので、ただ単に腹減ってるだけなのかな、と思った。

　そして津久田先生は机に食べ終えた丼をドンと置き、両目をこれでもか、というくらい見開いて叫んだ。

「よし、いいだろう」

「マジで⁉　やべえ」

　アースは信じられずに目を丸くした。

「やったーっ！」

　五人は万歳をしながら職員室で奇声を上げて踊り狂った。

今度こそ、今度こそ、男のハダカじゃなくて、女のハダカにたどり着ける。

「その代わり、夏休みまでの一ヶ月で、お前ら自身がモデルになってクロッキー一人二千枚描け。そうしたらモデル雇ってやる」

「男のモデルじゃないっすよ」

「女が描きたいんだろ？　いいよ」

「うおおおおお」

空色たちはどよめいた。アースとダイソンも初めてやる気になった。

しかし五人共、その条件がどれだけ大変なことなのか全くわかっていなかった。

次の日から地獄が始まった。


「放課後は三時間くらいしか時間とれないでしょ」

バスロマンが美棟の絵画室でみんなに計算を話し始めた。

「三十日で九十時間だよね。てことは六十分掛けると五千四百分。それを二千枚で割ってみたんだけど……」

四人は意味がよくわからないまま聴いていた。

「一枚あたり、二・七分で描かないと、二千枚描けないよ」

そこまで言われても四人はまだよくわかってなかった。

「休み時間もなし、日曜日もなしでだよ」

「一枚一分で描けば休めるじゃん」

ダイソンが「楽勝」という顔をしながら言った。

「一枚一分って……本気？」

「本気と書いて、ほんきじると読む」

コイツはカッコつけるくせに、途中で逃げるから信用ならないな、とバスロマンと空色は疑惑の目つきでダイソンを見た。


初日。

とにかくやってみよう、ということになった。

一人がモデルで、四人が輪になって二分で描く。さすがにハダカは恥ずかしいので、下着は着けたままにした。

じゃんけんで順番を決めると、最初のモデルはビスコになった。

アースは鉛筆を削りながらビスコが脱ぐのに合わせて「いまのキミはピカピカに光ってぇ～」と、ミノルタのＣＭソングを歌っている余裕がまだあった。

放課後の絵画室には女子も数人残っていたので、ビスコが服を脱ぎだしたらまた変態呼ばわりされたが、気にせず部屋の真ん中に陣取った。

やる気をＭＡＸに高めるために、空色は古いモノラルラジカセで『ヒート・オブ・ザ・モーメント』と『セパレイト・ウェイズ』をガンガン鳴らした。アースが「早見優にしろ」と言っていたが、どう考えてもここはハードロックだろ、と譲らなかった。

ビスコはポーズの取り方が分からないのか、直立不動で突っ立ったままだったが気にせず描き始めた。

空色はビスコの頭から描き始め、ようやく顔の輪郭が終わった時にバスロマンが悪魔のような宣告をした。

「はい、二分」

「もうかよ！　延長だ、延長！」

アースがイライラしながら早くも二分の制限時間を破った。しかし誰もそこで止めようとは言わなかった。

結局みんながなんとなく全体を描き終わるまで、四十分近く経っていた。

一枚四十分。

現実を突きつけられて、全員が言葉を失った。

「マジかよ。二分なんて描けるわけねえ」

アースがぐったりと疲れたまま弱音を吐いた。

「こんなんじゃ二千枚なんて描けないよね」

バスロマンは最初の計算から無理だと思っていたのだろう。たった一枚描いただけで、皆やる気をなくしてしまった。二千枚と想像しただけで、気が遠くなりそうだった。

「ドンマイドンマイ。まだ一枚目だよ。次は二十分でやろうぜ」

まるでスポ根漫画のように空色は煽動したが、誰も賛同してはくれなかった。

帰りたがるダイソンをなだめすかして、なんとか二枚目を描いた。今度は二十八分だった。

「な、ちょっと速くなっただろ」

「速いったって、二分はぜってー無理だって」

アースは帰る理由をあれこれつけた。

その日はいくら描いてもそれ以上速くはならなかった。


二日目。

頭から描いていたら絶対間に合わない。むしろ顔や頭は描き込まない。全体を描けば、描けた気がする。だから全身を先に描く。

クロッキー帳から手足がはみ出すが、直していたら間に合わない。

うまく収まるように自然と構図から考えるようになる。

ああ、これが桃子の言っていた「構図から先に描く」ということか、と気づく。

画面はカメラで言うところのファインダーだ。空間のどこを切り取るのかを、ファインダーを覗くように、構図を決める。一番描きたいところはどこなのかを瞬時に判断する。

立っているポーズ、座っているポーズ、寝ているポーズ。一瞬で構図を決めないといけない。

グダグダと考えてる暇はない。その間に手を動かさないと。

毎回モデルが着替えていると時間がかかるので、一人につき十ポーズ連続でモデルをすることにした。

一枚十分を切った。


三日目。

気に入るまで何本も線を重ねていたが、その線の本数が徐々に減っていく。

無駄な線は一本も描けない。一発で理想のラインを描かないといけない。

硬かった線がどんどん柔らかくなっていく。

やがて直線はなくなり、全てが自由な曲線だけになる。

ここでも円柱の基本が生きてくる。指先すら円柱だ。
身体の向こう側の見えないところまで描く。
影を塗る時間がないので、線だけで立体感を出さないと間に合わない。
数秒でも時間に余裕があれば、影を入れる。
鉛筆を削る時間が惜しい。
一枚五分を切った。

七日目。
呼吸も止まる。
頭から何もかも消える。野球の千本ノックと一緒だ。
身体が無意識に反応するまで、繰り返し、繰り返し腕を動かす。
手首ではなく、肘や肩から大きく円を描く。
まるでピッチャーが投球するように。
一本思い通りの線が描けた時は、快感が右腕を走る。
もっと強い線を、もっと柔らかな線を、もっと美しい線を描きたい。
そして体幹、骨格が見えるようになり、筋肉が見えてくる。

しなやかで力強い筋肉が一本の線に。

そして構図もただ対象を入れればいいという訳じゃないと気づく。画面の中では身体を描かない余白も大事だ。余白を含めて絵なのだ、とわかる。

とうとう一枚二分で描くことができた。


十日目。

線描は肉体になり、生命が宿る。

身体が描けるようになると、指先まで神経が行き渡る。

指先の行方、手のひらの重さ、見えないものが見えてくる。

書のように、剣のように、迷いのない一太刀で、筋肉の繊維の向きまで描けるようになる。

絵を描いている感覚はない。

無意識に目と手が感じるように動くだけ。

スリートのパフォーマンスと何ら変わるところはない。


線一本描くことは、命を切り取ること。

切り取った命は永遠に紙の上に宿る。

そしてその命を一つでも多くこの世界に残すことが自分が今生きている証《あかし》。

身体が二分という時間を覚えた。

いつの間にか空色たちの後ろに座って、クロッキーに付き合う生徒たちが出てきた。

その数は一日ごとに増えていった。


十四日目。

空色たちのほかに十五人以上の参加者が増えた。中には二年生まで入っていた。

「せっかくモデルがいるなら、あたしも」

なんと、タマちゃんが珍しくスポバカたちに近寄ってきた。

「面白そうだから」

「暇だから」

みんな、さまざまなことを言いながら、放課後のクロッキーは大盛況になった。

空色は初めて野球部のような一体感を味わった。

ビジツカでもこんな団体スポーツみたいな気持ちになれるなんて思わなかった。

ダイソンもアースも止めるに止められなくなった。

十七日目。

一度だけ津久田先生がニヤニヤしながら部屋に入ってきた。

「線というのはな、細い線、太い線、硬い線、柔らかい線、強い線、弱い線、速い線、遅い線、運命線、銀座線、ほうれい線があるんだ」

先生は相変わらずの調子でへんてこな空気にした後、しれっと部屋を出ていった。

空色は最後の三つ以外、なんとなく意味を理解したが、それらを描き分けられているとはとても思えなかった。それから線の違いを意識するようになった。

一本の線は、面であり、立体である。また硬い骨格であり、柔らかい筋肉である。一瞬であり、永遠でもある。それらを線の違いで表現しなければならない。

一秒見れば、モデルのポーズを記憶できるようになった。

一秒あれば腕の一本が描けるようになった。

一秒あれば一番暗いところの影を入れられるようになった。

一秒を全力で使う。こんなに一秒を大事だと思ったことはない。

あと一秒。

一秒を全力で生きる。

生きている実感が脊髄を伝う。

誰のものでもない、自分だけの生。

もっと、もっと一秒が欲しい。

生きている証を刻みつけたい。

空色はこんなに一秒を大切に生きたことはかつてなかった。

放課後夜十一時まで、毎晩クロッキーは続いた。

そういえば入学した時に津久田先生が、「ビジツカは授業が終わってからが本番だ」とかいう話をしていたことを思い出した。

こういうことか、と空色は気づいた。


あと一週間。

まだ千枚を超えたところだった。

間に合わない。

「もう無理だよ、こんなの」

アースが鉛筆を壁に向かって投げつけた。

「ぜってー、二千枚なんて終わんないって」

「終わらないのわかってて言ったんだな」

ダイソンも一緒になって鉛筆を放り投げた。

人数はいくらか減って、全部で十人程が残っていた。

空色は迷った。確かに終わりそうもない。でも、ここで終わっていいのだろうか。

ヌードデッサンをする夢を忘れそうになっていたが、まだ変わらない。

でもそれ以上に途中で終わらせたくない。

せっかくクロッキーがなんだかわかってきたのに。

せっかく絵を描く楽しさがわかってきたのに。

だけど終わりが見えないと確かに辛い。

「俺、帰るわ」

ダイソンが立ち上がり、ひとことだけ言って、イーゼルとカルトンを片付け始めてしまった。

モデルのバスロマンはアースとダイソンを交互に見ておろおろしている。

どうしよう。

俺はどうしたらいい。

空色はダイソンを止められなかった。空色にも迷いがあったからだ。

「ま、間に合う」

突然、ビスコが椅子から立ち上がった。

ダイソンが片付ける手を止めた。

「ま、ま、まだ間に合う。ど、土曜日美棟に泊まり込もう！」

みんなビスコが大声を出したことに驚いた。

「泊まり込み？　そこまでする？」

「お、俺、女のハダカなんてどうでもいいんだ」

ビスコの声が震えていた。

空色はビスコが素直に自分の気持ちを吐きだせることが、少しうらやましくなった。中学の野球部で何もかも中途半端だった時、こんなことを口にすることはできなかった。

「お、お、俺、四百メートルの試合で転んで、バ、バカにされてから、走れなくなった。それ以来逃げてばかりだ」

ビスコの細い目からひとつぶの涙がこぼれた。

「も、もう逃げるの止めたいんだ。さ、さ、最後までやろうよ」

全員が声を出せないままビスコを見つめていた。

ダイソンとアースは目を合わせられずに床に視線を落としたままだった。

「やろうよ」

ビスコはそう言って泣き始めた。

大きな身体いっぱいに泣いていた。

つられて女子の数人もなんだか泣き始めた。

空色はどうしたらいいかわからなくなった。

バスロマンも泣き始めた。

空色にはビスコの気持ちが痛い程わかった。その時――

「やるよ、ビスコ君」

タマちゃんが突然ビスコに声を掛けた。ビスコは驚いて泣きながらタマちゃんを見た。

「逃げてないよ。大丈夫だよ、ビスコ君」

「ビスコ君、あたしもやるよ」

「逃げてなんかいないよ」

残っていた女子が全員でビスコを応援した。

空色は驚いた。初めてクラスの女子に相手にされた。しかも味方になってくれた。あんなに嫌われていたのに。

「やるよ」

突っ立ったままのアースが口を尖らせながら呟いた。

「だから泣くなよ巨人」

アースはビスコの肩を叩き、投げた鉛筆を拾った。そしてまたカルトンをイーゼルに立てて、無言で折れた鉛筆を削り始めた。

「これが終わったら、俺は旅に出るぜ」

ダイソンも髪を撫でつけながら、また席に着いた。

ビスコはしばらく泣き続けていたが、女子数人に背中を叩かれていた。

なんだかくすぐったかったが、今度は空色がモデルになる番だった。

3

最後の土曜日。

十時過ぎまで絵画室でクロッキーした後、美棟の一番小さな部屋——石膏などのモチーフを置いてある部屋に籠った。

窓のカーテンと入り口の扉をアルミホイルで目張りし、外に光が漏れないようにした。

余りにも狭いので、モデルとの距離が取れなかったが、まあ、いつもと違う角度から描くのも面白いだろうと我慢して描き続けた。

「腹減ったよ、なんか買い出しに行こうぜ」

夜中の一時過ぎにアースが背伸びしながら誰にともなくそう言った。パンくらいしか買ってなかったので、確かに何か食べたかった。

「どうしよう。出ても大丈夫かな」

空色は少し躊躇した。ここで見つかっては台無しになってしまう。

「警備員もずっと見回ってるわけじゃないだろ」

「いやいや、捕まったらまずいでしょ」

バスロマンは出て行くことに反対して首を振った。

「我慢できねーよ。おら、行くぞ」

結局ダイソンとアースが駅前まで買い出しに行くことになった。ダイソンは描くことに飽きていて抜け出せることが心底うれしそうだった。

扉の目張りをそっと剥がし、少しだけ扉を開ける。

外の様子を窺い、誰もいないことを確認すると、二人は真っ暗な廊下に出た。

美棟の二階に上り、非常階段の鍵を開ける。非常階段から裏のフェンスを乗り越えられる。

少しガタガタしたが、二人はフェンスから道路へ飛び降りた。

学校の外へ。夏の夜へ。

二人は通学路を逆に辿り、南口商店街を抜け、下北沢駅前まで走った。

やっぱ牛丼だよな、というアースの提案で牛丼屋に入り、特盛り五人分を注文した。

「俺、伝説の美容師になろうかな」

牛丼を待っている間、ダイソンは紅しょうが入れの蓋を開けながらまた宣言した。

「伝説の紅しょうが屋にでもなれよ」

アースは腹が減りすぎて、ダイソンの意味のない宣言をまともに聞いていないようだった。

牛丼を受け取ると、二人はコンビニでウーロン茶とアイスを五人分買った。アースはズルをして、自分だけおにぎりを一個追加して買ってその場で食べた。ダイソンはずっと雑誌のポパイを立ち読みしながら髪を撫でていた。

コンビニからまた通学路で学校に戻り、さっきのフェンスをよじ登ると、二人は突然ライトに照らされた。

「誰だ！」

警備員の声がした。

「やべえ、逃げろ！」

フェンスを乗り越え、校内に入ると、二人は美棟に入らず体育館の裏へ逃げた。

「誰だ！　待て！」

二人はそのまま三十分体育館の裏から動くことができなかった。

「遅いよ」

空色は腹が減りすぎて待ちきれなくなっていた。

「警備員に見つかったんだよ」

アースが億劫そうに牛丼の袋を渡した。

中を開くと、ぐちゃぐちゃで、スプラッターだった。

「これ、食いもん？」

「うるせえ。嫌なら喰うな」

結局食べ終わったのは三時過ぎていた。

食べ終わると、腹が満ちてやる気を失い、そこで諦めて寝ることにした。

もちろん布団などないので、地べたに直寝だった。

床の冷たさが気持ちいい。肩と背中が痛かったけど、腕の熱が冷めていくようだった。部屋を暗くしてじっとしていると、一分も経たずにアースのいびきが聴こえた。

ふと、空色の手に何かが当たった。そのままにしていたら、手を握られた。

「わかってるくせに」

バスロマンの小さな声が耳元で聴こえた。空色はそっと手を引っ込めた。

最終日。

全力で描いたが間に合わなかった。

一人、一八一五枚。あと一八五枚足りなかった。

「先生、わかってくれるよ」

バスロマンは諦め交じりの言葉で皆を慰めた。

全員もう声も出せないほど疲れ切っていた。

一ヶ月間、ひたすら描き続けた。最後はダイソンの言った通り、一枚一分で描いた。

それでも間に合わなかった。


「ダメだ。約束だからな」

「えーーーーー」

津久田先生は容赦なく空色たちの願いを却下した。

「俺たち、この一ヶ月すげえ頑張ったんすよ」

アースが床に膝を突《つ》きながら訴えた。

「ダメなものはダメだ。約束は守れ」

「お願いします」

「おかげで絵が上手くなっただろう」

最初からこうなることを想定してやらせたんだな、と空色は悟った。津久田先生の巧妙な罠にまんまと嵌められた。

空色は肩を落とした。あんなに頑張ったのに、また負け組だ。どうしてこう、何をやってもダメなんだろう。

もう、二度とクロッキーなんてやりたくない。

五人はやることもなく、体育館に入ってバスケを始めた。

頭も使いたくなかった。とにかく身体を動かしたかった。

二対三でボールを奪い合う。全身の筋肉が固まっていたので、身体のあちこちが伸びて気持ちよかった。

ダイソンはさすがに元バスケ部だけあって、ドリブルがめちゃくちゃうまかった。

ボールを回しながら、やっぱり自分にはビジツカは向かないから、ビジツカ辞めてバスケでもやろうかな、と空色は考えた。そうしたら楽になれるのかもしれない。

あの、苦しい一秒を忘れられるなら。

あの腕の快感を忘れられるなら。

シュート。

「なんか、くせえな」

突然、柄の悪い声が割って入った。

ボールがリングに当たって落ちる。

振り向くと体育館の入り口に普通科の奴らがいた。

「お前ら、美術科だろ。油くせえんだよ。勝手に体育館使うんじゃねえ。出てけ」

わらわらと普通科が続けて十人くらい入ってきた。

「なんだと？」

アースが最初にキレて、ボールをコートに叩き付けた。

「なんだ、お前」

普通科の悪そうな奴がアースに近寄り、アースと近距離でガンを飛ばし合った。

「反抗すんじゃねえよ、チビ」

「もういっぺん言ってみろ」

空色が見ても怖いくらいアースは怒り狂っていた。相手は身体もでかいし、最初からやる気満々だ。

「美術とか暗えんだよ」

「うるせえ！」

アースが普通科をいきなり殴り飛ばした。

殴られたやつは一瞬驚いた表情をしたが、すぐにアースに掴みかかった。

普通科の全員がアースに一斉に襲いかかった。

「隅っこでお絵描きしてろ」

腹に蹴りを入れられたアースが、痛さでうずくまった。

それを見て空色もキレた。

「お前、好きなモノ言ってみろ」

「あ？　漫画？」

「絵じゃねえか！」

空色は普通科の一人をぶん殴った。

そしてそのまま五対十の殴り合いが始まった。

空色は喧嘩が嫌いだったが、溜まったものを吐き出すには丁度良かった。

殴られても殴られても向かっていった。

しかし普通科の人数と力は圧倒的だった。

鼻血や切れた唇の血が飛び散る。まぶたが内出血したらしく、左目が見えない。それでも殴り合いは続いた。鉄のような血の味が、空色の口内に広がった。

空色は初め、喧嘩することでヌードが見られなかった鬱憤が晴れるかと思っていたが、殴られ続けていくうちに、こんなくだらないことをしている時間があったら、クロッキーを何枚描けるだろうかと考え始めていた。

二度とやりたくないと思っていたクロッキーだけど、もしかしたら俺たちは何かを掴んだのかもしれない。一八一五枚は無駄じゃない。あの夢中になった一秒は、きっとこいつらには永遠にわからない。いくら殴られても俺たちの勝ちだ。俺たちの一八一五枚は誰にも負けない。

空色たちは普通科に一方的に殴られ続け、タフマンが止めに入った時には、体育館の冷たい床に倒れて五人とも動けなくなっていた。

「お前らもう止めろ。喧嘩両生類だ」

倒れたままの五人の耳に、いつものタフマンの声が聴こえた。

4

空色はそのあと、一ヶ月ぶりに本校舎の屋上に上がってみた。

どんよりとした重たい空だった。

思った通り奏が煙草を吸っていた。

奏も空色に気づいた。

「水色じゃん」

「空色だよ……」

名前を間違えられて、空色は心底がっかりした。

二人はしばらく無言で新宿のビルを見ていた。ビルのすぐ上の空に大きな黒い雲の塊があった。

傘持ってこなかったな、と空色はフェンスに掴まりながらぼんやり考えていた。

「吸う?」

奏が煙草を差し出した。

「いらね」

「あ、そう」

それしか話してなかったが、お互い気をつかうことはなかった。

こんなふうに力を抜いて一緒にいられる女子がいるんだ。

そういう点では随分桃子と違うなあと空色は思った。

好きという感情がないからだろうか。

本当にないのか？

殴られた顔のあちこちが痛くて、それ以上考えられなかった。

「あたし今月後楽園球場でライブやったんだよ」

「すげえ。ポジションは？」

「野球じゃねえよ」

空色の天然ボケに奏は笑った。

ポツポツと小さな雨粒が落ちてきた。

奏がまた空色の顔をじっと見つめた。

「男の子だね」

空色の腫れたまぶたを指でつんと押しながら奏はそう言った。

「痛いよ」

空色は奏の指先を掴んだ。

雨が少しずつ強くなってきた。

空色はその指を離せなくなり、奏も指先をそのままにしていた。

奏の白いブラウスに雨の粒が落ちた。じっとしていると雨の跡がどんどん増えていった。

空色はその手を少しだけ引き寄せた。ほんの少しだけ。

奏の顔が近づく。

雨粒が徐々に水溜まりになっていく。

ゆっくりゆっくり空色は額を奏の額に近づけた。

一ミリずつ顔と顔を近づける。奏の息が空色の頬にかかる。

奏が何か言ったような気がしたが、空色には聴こえなかった。

「なに？」

空色はそっと耳を唇に近づける。

「そらいろ」

奏の甘ったるい声が脳みそにじわっと染み渡る。

奏の唇が空色の耳に触れる。その僅かな耳の感触が背中までビリビリと伝わる。こんな痛みならいくらでも受けてやる。

雨は土砂降りになり二人はずぶ濡れになったが、それでも二人は動かなかった。

空色は奏の手をさらに引き寄せ、濡れた首筋に手を回した。

髪と首とブラウスの襟元の、ほんの小さな空間に。

奏の唇が動くたびに、空色の耳たぶに当たる。

その度に全身の血が逆流する。

空色は目を閉じて奏の匂いを探す。

「　　」

奏の声は雨音で完全に消されていた。

空色の唇が奏の——

「社会の窓開いてるよ」


稲妻先輩に呼び出された。例の住宅街のスナック「るんるん」だ。

また煙草を吸わされて、空色は目の前がクラクラした。稲妻先輩の呼び出しは、高校生活における最大の障壁だった。

「お前ら、普通科と喧嘩したんだって？」

「はい」

稲妻先輩はヒャッハーと叫んだ。

いつの間に普通科との喧嘩の話が伝わったのだろう。どこにでも現れて、どんな噂も知っているんだなあと感心した。

「やっぱ、お前ら俺が見込んだだけあるぜ」

相変わらず言うことがヤンキー漫画風だな、と五人とも思った。

その後、三十分くらい稲妻先輩と普通科とのバトルの歴史を聞かされた。ずっと昔からビジツカは普通科に虐《いじ》められていたらしい。どう聞いても話が二～三年の話じゃない。なんか十年くらい続いている長いヒストリーだった。

稲妻先輩は二十歳って言ってるけど、本当はもしかして二十三くらい、いや、二十五、まさか三十代なんじゃ……？

「俺は一人で普通科五十人と川原で戦ったんだぜ」

絶対嘘だ。十人相手でもあんなに殴られたのに。それにこの辺りに川原なんてない。

「身長二メートル超えのヤツとも戦った」

これを聞いてアースがプッと笑いを漏らしてしまった。取り巻きの一人が真っ赤な顔でギロッとアースを睨みつけた。余計笑いをこらえるのが辛かった。

一通り自慢大会が終わると、思い出したように稲妻先輩が話しだした。

「お前ら、女のハダカが見たいんだろ」

「もう、ハダカはいいっす」

「馬鹿野郎！　女のハダカを追求しないで芸術ができると思ってんのか！」

稲妻先輩はいきなりぶち切れて、空色の頬を殴った。その瞬間、また『ツッパリ high school rock'n'roll（登校編）』が流れた。殴る時のテーマ曲なのか。プロレスか。なぜか稲妻先輩とオバちゃんが目と目を合わせてうっとりしている。どうやらオバちゃんが音楽の再生ボタンを押しているらしかった。

「お前ら、お茶芸知ってるか？」

「お茶目なゲイ？」

「お茶の水芸術専門学校の夏期講習だ。ヌードデッサンあるぞ」

また絵か。不良の人脈でヤンキー女子先輩がハダカを見せてくれるとかじゃないのか。

「それにな、他校の女子が来るから、女と付き合える可能性が高いぞ」

「マジっすか」

ダイソンがそこに反応した。

「俺は講習会で十人は抱いたぜ」

いろいろと突っ込みどころが多くて困ったが、まず、ツッパリの先輩がなぜ夏期講習会に行くのかよくわからなかった。実はまじめなのか？　謎すぎる。そしていくらなんでも十人は嘘だろう。全部の話がホラに聞こえる。そしてそのセリフの後、オバちゃんが稲妻先輩を睨んで、稲妻先輩はテヘッて顔をしていたのを、空色は見逃さなかった。一体どこからどこまでが真実なのだろうか。というか、真実は一ミリでも含まれるのか？

「十人っすか」

稲妻先輩の話を真に受けてキラキラした目をしたダイソンが哀れだった。

空色たちは強制的に夏期講習会の申し込み用紙に名前を書かされた。断ると何をされるかわからなかった。

先輩の今日のTシャツは『スキャナーズ』だった。

空色は仲良くなろうと思って話を振ってみた。

「先輩、クローネンバーグ作品好きなんですか？」

「馬鹿野郎。ハンバーグ嫌いなやつがいるか！」

この話はこれ以上追求しないことにしよう、と空色は決めた。

こうして一度もハダカを見ることも、女子と付き合うことも無いまま一学期が終わり、夏休みに入った。一八一五枚のクロッキーのせいで、正直絵はもうこりごりだった。

家に帰ると猫が玄関の空色の靴の中に頭を突っ込んで寝ていた。

5

総武線御茶ノ水駅から歩いて五分のところにその学校はあった。

学校といっても、美大受験生が通うための予備校である。

空色たちは江古田藝術大学の付属高校なので受験は必要なかったが、クラスの数人の生徒がレベルアップのために、夏期講習会に参加していた。

他の普通高校の生徒はもちろん美大受験のために通っている。

デザイン科向けの平面構成コースなどもあったが、稲妻先輩に脅さ——勧められた通り、五人は鉛筆デッサンコースに申し込んだ。

正直もう、鉛筆を持つのも嫌だった。

部屋に入ると三十人くらいいたが、その中でひと際うるさい集団がいた。やれやれと思ってそっちを見ないようにしたが、つい目に入ってしまった。

上野で出会った、桃子たち女子芸の五人組だった。

「吉田」

桃子はあからさまに嫌そうな顔で振り向いて空色を見た。

「誰？」

ロリータファッションのぽちゃっとした女子が桃子に訊いた。

「上野で会ったでしょ。わたしと同じ中学の人。亀高」

「会ったっけ？」

ショートカットの女子は空色たちのことを全く覚えていなかった。

「亀高？　ふん」

例の一番背の高い美人が、また鼻で笑った。どうしても亀高を低く見たいらしい。

「亀高なのに夏期講習なんて無駄」

もう一人の眼鏡を掛けたきつそうな女子が、吐き捨てるように空色たちをバカにした。

「亀高だから何なんだよ」

空色はムキになって言い返した。

「野球やってればいいのよ」と桃子が言った。

「下手なんだから学校で描いてろ」と眼鏡。

「男の描く絵は汚い」とショートカット。

「センスも悪い」と美人。

「偏差値も低い」とロリータファッション。

女子芸の五人は空色たちをめちゃくちゃにこきおろして、ギャハハハと下品に嗤《わら》った。

「ひどい言われようだな、アース」

ダイソンがアースの肩を叩いて吐息を漏らした。

「お前も言われてんだよ」

アースは即座にダイソンの尻を蹴った。

「僕たちなんかしたのかなあ」

バスロマンもかなり弱気になっていた。

どうやら桃子たちは上野藝大か女子芸以外の美大は認めないらしい。

亀高が付属している江古田藝術大学は、東京六美大に入ってはいるが、桃子たちによると実力は一番下のそのまた下、とのことだった。

空色たちは女子芸五人を相手にすることを止め、無視して大人しく部屋の真ん中辺りでデッサンの準備をした。

それがまた女子芸の五人の気に障ったらしく、

「実力もないくせに私たちの近くに座るな」

「上野藝大じゃない男は才能ない」

「そもそも男は気持ち悪い」

「顔も悪い」

だのとまたボロクソに言われたので、空色たちは仕方なく一番後ろに下がった。

女子芸五人は我が物顔で一番前のド真ん中に場所を取り、デッサンが始まるまで大声で亀高の悪口を言い続けた。

うるさい女子芸を無視して鉛筆を削りながら、空色はなんだかんだいって、ヌードデッサンの始まるのを期待していた。とうとう女のハダカが見られる。殴られたけど稲妻先輩に少しは感謝しないといけないな、と空色は思った。

時間になり、モデルが白いガウンを羽織って入ってきた。

今度は正真正銘、女性のモデルだった。

とうとう空色は願いを叶えたのだ。

とうとう。

とうと……。

ん？

ちょっと、おい、稲妻先輩。

モデルの女性はどう若く見ても孫がいるように見え、トドのような腹を抱えてピンク色のレオタードを着ていた。

亀高五人は白目になった。

これって、何かの罰ゲームだろうか。

このピンクのレオタードを着てうっとりしているトドを、描かなきゃいけないのか。

またしても奏に見せられるような絵から遠ざかった。

レオタードがトドの腹にむっちり食い込む。ある意味シュールレアリスムだ。

空色たちは稲妻先輩を心の底から怨んだ。

二時間のデッサンの終わりに講評会があった。

亀高ではしょっちゅうやっているが、学校外での講評は初めてだったので、空色たちは少し緊張した。女子芸たちの中傷の的になりたくなかった。

貼り出されたトドのデッサンを見るため一番前の列をやっぱり女子芸たち五人が陣取った。どこまでも自分中心的な人たちだなと空色は辟易《へきえき》した。おかちよは絶対の自信家であるが、人を押しのけたりしない。空色たちはやはり一番後ろに申し訳なさそうに座った。

講評は現役の美大生がやるらしい。多分上野藝大の学生だろう。しかもなんかハンサムでバスロマンがなんだか嬉しそうだ。

まさか学生自身が学校のヒエラルキーを持ち出すのではなかろうかと、空色はそら恐ろしくなった。高一で学歴社会の悲哀を味わうとは。

ハンサム大学生講師がじっと貼り出された作品を見つめている。

一番上に女子芸たちの作品。一番下の段に空色たち亀高五人の作品。

「えーと」

講師がひとこと漏らしただけで、女子芸の五人は高笑いしていた。自信があるのだろう。

空色は正直、講評など聴かずに帰りたくなってきた。

バカにされるのは慣れてる。しかし桃子の前でみんなに嗤われるのはどうしても耐えられなかった。

「この一番下の段の五枚」

裁きの時間が来た。

空色たちの作品が真っ先に槍玉に上がった。

女子芸の五人のバカ笑いが頂点に達した。

帰りたい。

「すごく良いね」

え？

もしかして俺たち褒められた？

マジか、とアースが声を漏らした。

女子芸たち五人の笑い声がぴたっと止んだ。

「描き込みはまだまだだけど、線が生きてるね。構図も良いし」

そうなの？　という顔をして、空色たちはお互いの顔を見合わせた。

もしかしたら、あのクロッキー一八一五枚の成果だろうか。

あの辛いだけだった一ヶ月間で何かが変わったのだろうか。

ひたすら腕を動かし続けた一ヶ月で。

俺たちもしかして才能あるんじゃないの？　という気持ちに初めてなった。

「ウオッシャア！」

アースとビスコが大声でハイタッチしていた。

「亀高の実力だよね」

ダイソンが髪を撫でつけながら自慢した。クロッキー逃げようとしてたくせに。

バスロマンは講師に熱い視線を送っていた。

空色たちは思いもかけず女子芸五人に勝ってしまった。

しかしよく考えたら、女子芸の五人はともかく、ほかの二十数人は、高校に入ってから初めて講習会に参加しているのだから、高校の授業で絵を描いている空色たちが褒められるのは、ある意味当然だった。ここで負けていたら、わざわざ美術高校に入った意味がない。

それでも女子芸の五人に勝てたのは、やっぱり一八一五枚の為せる業だったのだろう。

女子芸の五人の背中がものすごく怒っているのがわかった。

レオタードやバレエ衣装などバラエティ豊かなトドを描き続けた講習会の中日、お茶芸の外に出た路上で、桃子から声を掛けられた。

逃げようと思っていた空色は、聴こえない振りをして帰ろうとしたが、ダイソンが嬉しそうに返事をしてしまった。

「講習会楽しいよね！」

ダイソンの言葉は火に油を注いだ。

「あなたたち、あの程度の講習会くらいでいい気にならないでよね」

「あの講師、上野藝大じゃないからあてにならないし」

「ほんと、男ってセンスない」

確かにダイソンはセンスの欠片《かけら》もない格好をしていた。

「I♥KYOTO」と描かれたピンクのTシャツに黄色いジャージ、「NIKI」と描かれている真紫のスポーツバッグだった。ポパイを愛読しているのに、どうしてこういうセンスなのだろう。生まれ持ったものだろうか。

「何か用？」

空色は普段なら桃子から声を掛けられたら舞い上がるはずだったが、この日は悪い予感しかしなかった。

「あんたたちちょっと付き合いなさい」

眼鏡の怖そうな女子が、めちゃくちゃ冷たい声で空色たちに命令した。

空色は目で「どうする？」とみんなに相談したが、ダイソンとアースはむしろ大いに乗り気になっていた。

結局五人は女子芸の五人の後について行くことにした。空色とバスロマンは渋々だった。

しばらく歩くと桃子たちは御茶ノ水駅前のドトールに入った。

「ここがドウターか」

知ったかぶりのダイソンの言葉は、みんな聞かなかったことにした。

店に入ると、女子芸五人が先に座り、見た目は「フィーリングカップル5vs5」のように楽しげだったが、実際には殺気がみなぎっていた。

眼鏡で怖くておかちよよりもさらに傲慢度を増した女子が静香、美人で峰不二子みたいにダイナマイトなのが美紀、やけに男に突っかかるショートカットが亜美、背が低くロリロリしているのが恵里奈という名前だと、桃子がおざなりに紹介した。

一応亀高チームも空色が紹介する。

「こいつがアース、こっちがダ――」

「あんたたち、あれでほんとに勝ったとか思ってるんじゃないんでしょうね？　あたしの絵がわからないなんて、あの講師ほんとに無能」

眼鏡の静香が苦虫を噛み潰したような顔で空色の紹介を遮った。

やっぱりそういう話か。空色は誘いに乗ったことを早くも後悔した。

「で、どうすんの？　恵里奈」

美人の美紀がロリロリ恵里奈に何かを訊いた。恵里奈は大きな丸い眼鏡をかけていて、色白でぽっちゃりしている。空色には一番性格が良さそうに見えた。

恵里奈は下を向いたまま、アイスミルクティーをすすっていた。

なんとなく恵里奈はズゴックみたいだな、と空色は密かに思った。

桃子が慌てて、美紀の話を遮った。

「空色君、明後日の日曜日、あたしたちとしまえんに行くからね」

何かもう、確定事項の伝達のように、桃子は空色にしれっと言った。

空色は意味がわからなかった。

「としまえんいいよね！」

ダイソンは何も考えずに即答した。

ショートカットの亜美が、つまらなそうにしているバスロマンに訊いた。

「としまえんが嫌なら変えてもいいけど」

「え？　僕？　僕はどっちでもいいよ」

「ハッキリしないな。だから男と話すの嫌なのよ」

今度は亜美が鋭い目でキレた。バスロマンに気をつかっているのかと思ったけど、そうでもないらしい。

「としまえんがいいんでしょ？」

美紀が恵里奈に念押しした。どうやら遊園地に行きたいのはズゴックらしい。

「う、うん」

蚊の鳴くような声で恵里奈が返答した。見た目はズゴックだけど、この五人の中ではやっぱり控えめで一番マシな女の子だな、と空色は思った。

「夏休みっぽくなって来たな、おい！」

アースが心の底から嬉しそうにはしゃいだ。

「調子に乗らないでくれる？」

静香が冷たく眼鏡の奥から威嚇した。どうやら静香は行きたくない派らしい。

どういうことだろうかと空色は考えた。何か企みがある気がする。

「いいよ、としまえんで」

バスロマンが俯きながら了承した時、空色は顔を上げた恵里奈の目がハートにキラキラ輝くのを見逃さなかった。

まさか。

よりによってズゴックは、バスロマンに気があるのか――

バスロマンはクネクネしているが確かにメガネを外すと、色白で美少年ぽくはある。ロリロリ恵里奈にはバスロマンが王子様に見えたのだろうか。

空色がバスロマンの真実を言うまでもなく、そのうち恵里奈はバスロマンからは絶対に好かれないことがこの女子たちにバレるだろう。先にバラした方がいいのだろうか。

いや、言えるわけない。

言えないまま、どんどん話は進んでしまった。

アースとダイソンだけが満面の笑みで喜んでいる。

バスロマンは全く気がついていないようだった。

どうしよう、バレたら殴られる、と空色は怖くなった。

6

としまえん当日、西武線の豊島園駅の改札に空色が一番先に着いた。夏休み中でしかも日曜日なので、駅には人が大勢いた。

形だけ見れば男女十人で夏休みに遊園地なんて、随分楽しそうに見えるかもしれないが、恵里奈が今日バスロマンに告白したりすれば地獄だ。

突然空色の目の前が真っ暗になった。

「な、なに?」と叫んで、後ろを振り返ると、目隠しをしてきたのは桃子だった。

「おはよ」

桃子は白いノースリーブのブラウスにピンクのショートパンツとテカテカのピンクのミュールだった。

そういうことをするから、また告白したくなるんだろ、と頭が沸騰しだした。

皆が集合すると、真っ先に「シャトルループに乗ろう」と美紀が言った。美紀は相変わらず胸も脚もすごい露出度だった。ダイソンが目を皿のようにして美紀の身体を眺め回していたが、美紀はそれを全然気にしていない様子だった。

シャトルループはとしまえんで一番派手なローラーコースターである。

列に並んでいると、「今日は恵里奈がバスロマンに会うためにセッティングしたんだから、乗り物は全て二人を一緒にしなさいよ」と桃子の視線が訴えてきた。

仕方なくバカ四人を誘導した結果、静香とビスコ、美紀とダイソン、亜美とアース、桃子と空色、恵里奈とバスロマンという組み合わせと順序でシャトルループに乗り込むことに成功した。

考えてみれば小学校の頃から好きだった桃子と、二人きりではないとはいえ、デートのようなことをしている。前後にいるバカたちと凶暴女たちは石膏像で、このコースターには桃子と二人で乗っているのだ、という見ないで描くデッサンシリーズで鍛えた想像力を空色は存分に発揮した。

これは、やはり告白するしかない。遊園地で告白なんてロマンチックではないか。雰囲気に飲まれて桃子もＯＫするかもしれない。

空色はこのシャトルループでいきなり決めてやる、と心に誓った。そう、一年前の夏の試合で一塁ベースに立った時のように。

シャトルループの乗車時間は短い。のっけから勝負だ。

シャトルのドキドキなのか、告白のドキドキなのかわからなくなってきた。

ごとん、と音がしてシャトルが動き出す。

「あのさ」

空色は進み始めたコースターに合わせて、桃子に耳元で話しかけた。

「なあに」

「吉田と一緒に遊園地に来られるなんて思わなかった」

それまで楽しそうにしていた桃子の顔が曇る。

「好きで来てるわけじゃない」

どんどんコースターのスピードが上がる。

真夏の空をごうごうと音を立ててコースターが切り裂く。

空色の決心が揺るぎないものになる。

桃子が小さく悲鳴を上げた。悲鳴すらかわいい。

「理由なんかいいんだよ。隣に座ってるだけで」

「気持ち悪いこと言わないで」

コースターがどんどん空へあがる。桃子の手が空色の袖を掴む。

「だって俺……」

空色は息を飲んだ。何度しても告白は勇気がいる。

「だって、俺は――」

「ギエエ」

コースターが一回転した頂点で、突然後ろの席の恵里奈が叫びだした。

「俺は」

「ギエエエエエエ」

「俺……」

「ギエエエエエエエエエエエエエエエエエ」

ズゴックの叫びはシャトルループが終わるまでとしまえん中にこだまし続けた。

空色の心はしぼみ、それ以上何も言えなかった。

空色はまたしても告白に失敗した。


「大丈夫?」

シャトルループを降りた後、バスロマンが顔面蒼白な恵里奈に心配そうに訊いた。

それがいけなかった。

恵里奈の目は少女漫画のように、うるうるし始めた。恵里奈を見守るバスロマンが、完全に白馬の王子様になってしまったようだった。恵里奈はバスロマンの胸に顔を埋めておいおいと泣き出した。

バスロマンは気が動転して、つい恵里奈を抱きしめてしまった。

「ごめんなさい。バスロマン様」

さま? 亀高全員が空耳かと思った。

うるうるはその後も続き、恵里奈はさらにバスロマンの胸に顔を埋めた。泣くふりしながら恵里奈がうっすら笑っているのを、空色は見逃さなかった。

　バスロマン様はロスのディズニーランドじゃないとつまらないのかしら。もしかしてバスロマン様はフランス人のハーフ留学生で、ホームシックなのかしら。毎年ヨーロッパ旅行に行くのかしら。おうちは麻布かしら、それとも田園調布かしら。もしかしてお父様は年収八千万円くらいかしら。姑とは別居が希望かしら。専業主婦は当然として、お手伝いさんは何人までOKかしら――。とバスロマンの胸で考えていそうな、ズゴックのにやけた顔つきに空色は恐怖を覚えた。

　空色は恵里奈の絶叫で、桃子に告白する気持ちが完全に冷めてしまい、後はもうどうでもよくなって帰りたくなったが、なんだかんだで、世界最古のメリーゴーラウンド『カルーセルエルドラド』や観覧車にも乗り、結局暗くなるまで遊んでいた。

　帰りに空色は桃子と同じ電車に乗り、同じ東久留米駅で降りた。

　家は歩いて二十分の距離だが、桃子は違う方向だった。

「じゃあね」

　駅からバス停に向かう途中、空色がそう告げて別の方向に行こうとした。

「どこ行くの？」

「俺、自転車だから」

「あたしを置いていく気?」

結局、自転車の二人乗りで桃子を送ることになった。暗い車道をゆっくり走っていると、時々、車が二人を追い抜いていった。

桃子は後ろに乗り、空色の身体を軽く掴んだ。服の上とはいえ、桃子に触れたのはこれが初めてだった。桃子の手のひらの熱が薄いシャツの上から身体に伝わる。

真っ暗でところどころしか街灯のない車道を、空色はゆっくり漕ぎだした。赤いテールランプがぼんやり夜道を漂う。

「一樹とは会ってるの?」

「うるさい」

桃子は否定とは違う言葉を発して、空色の背中を叩いた。

桃子はなんだか震えながら泣いているようだった。

泣かすようなこと言ったかな? と空色には桃子がよくわからなかった。

しばらく無言で走っていたら、桃子は段々大きな声で「うわーん」と泣き出した。車が軽くクラクションを鳴らして通り過ぎる。自転車の油が切れててキーキー鳴る。空色は言葉を探した。

「ごめん」

空色はとりあえず謝っておいた。

一樹とうまくいってないのかな、と考えながら空色はペダルを漕いだ。

やっぱり今日、ちゃんと再告白するべきだったのだろうか。俺なら桃子を泣かすようなことはしない。

その時、小さな交差点で急に車が左から飛び出してきた。

「うわっ」

空色は急ブレーキをかけた。

空色の背中にブレーキの勢いで桃子の頭がドンとぶつかった。

桃子は暫《しばら》くの間、空色の背中に頭をもたせかけたまま泣き続けた。

桃子の頭の感触が、空色の背中じゅうに伝わった。こんな触れ方は辛い。

路肩に止まっていたら車が何台か通り過ぎていった。

一樹め、今度会ったらぶっ飛ばしてやる。

空色は自転車のハンドルとブレーキをぎゅっと握った。桃子はずっと背中にもたれたまま泣いている。涙がシャツを濡らす。そのシャツを桃子の両手が握りしめる。

それでもやっぱり桃子を抱きしめることはできなかった。

かなりの時間、そのままにしていたら、やがて桃子のすすり泣く声が小さくなった。

「早く行きなさいよ」

桃子は頭を離してまた背中を叩いた。

桃子は泣き止んだのだろう。空色はほっとした。女の子の泣いている姿は苦手だ。

走りながらもう一度桃子は空色の背中にそっと頭を預けた。そしてそのままの体勢でずっと走り続け、それからは二人とも何も話さなかった。

家まで送ると、桃子は名残惜しむかのように、ゆっくり自転車を降りた。

「ありがと」

桃子は小さく礼を言うと、マンションの中に入っていった。

空色はマンションの表に回り、四階の桃子の家を見つめた。しばらくして、部屋の明かりがついた。やはりあれが桃子の部屋なのだろう。

「おやすみ」

明かりに向かって言葉を投げると、空色は夜の中へ自転車を漕ぎ出した。

家に帰ると猫がおかえりと言った。ような気がした。

7

『講習会はどう？』

冷蔵庫の母親のメモに、母親らしく短くそう書かれていた。

『女子芸に勝った』

としまえんのことを書こうか迷ったが、講習会の結果だけを書いておいた。

ベッドに寝転び、スカイセンサーでＦＥＮにチューンすると、『ロザーナ』と『Ｉ．Ｇ．Ｙ．』が流れた。桃子を黙って帰したことで、少しだけ大人になったような気分の夜だった。こんな夜はハードロックよりＡＯＲだ。


夏期講習会の最終日、お茶芸の出口で桃子たち女子芸五人に再度待ち伏せされた。

また何か文句を言われる、と空色はゾッとした。

そして亀高の五人はもう一度ドトールに強制連行された。

「ドウターはオシャレだよね」

明るいダイソンの感想は誰も聞いていなかった。

女子芸五人はソファに深く寝そべるように座り、空色たちは背筋を伸ばして反対側の椅子に何かの面接のように座らされた。

真ん中に座った桃子がいきなり出だしからけんか腰で切り出した。あの涙はなかったことのように。

「ハッキリしてよ！　いつまで待たせる気？」

「何のこと？」

「とぼけるんじゃない。あんたよ！」

美紀がバスロマンを指差した。

「僕？」

バスロマンはきょとんとしていた。未だに全く気がついていないらしい。

「あんたの気持ちなんて関係ない！」

「選べる立場だと思ってるの？」

「責任どうやってとるつもり？」

「まさか遊びだったなんて言うつもりじゃないでしょうね」

「キズものにするつもり？」

「最低！」

バスロマンと恵里奈の話？　なんか飛躍してないか？　と空色は意味が分からなかった。バスロマンは両手で口を押さえ、言葉を失っていた。なぜ自分が責められているのかまだわからないのだろう。

「誠意を見せろ！」

「誠意って……？」

「数えられるものに決まってるでしょ」

静香がサイフをひらひらと振った。

「それって、おか——」

「弄《もてあそ》ぶつもりなのね！」

これは脅迫じゃないのだろうか。さすがにダイソンとアースも驚いて口を開けっ放しで女子芸の五人を見ていた。

恵里奈が一番端でしくしく泣いている。

それを見て、さすがにバスロマンもようやく理解したようだった。そういうことだったのか、という顔をしていた。しかしバスロマンは首を振った。

「僕は付き合えません」

恐怖に震えつつ、バスロマンは強く、ハッキリと断った。

恵里奈がそれを聞いて、ビックリした顔でバスロマンを見つめた。恵里奈の小さな瞳がうるんでいた。

そして瞳から大粒の涙が――

「グオラアァァ！　このガキャアァァァ！」

ズゴック、いや恵里奈がものすごい重低音で吠えた。地響きがゴゴゴと店内中に伝わった。

「ヒィッ」

バスロマンは蛇に睨まれた蛙のように、恐怖で動けなくなった。

「騙したのね！」

「人間の屑！」

「底辺！」

「だから男って！」

「地獄に堕ちろ！」

「滅びろ！」

亀高五人は女子芸の五人から、めちゃくちゃに言われた。本当に品のない方たちである。

恵里奈よりバスロマンの方が泣いていた。

しかし何故バスロマンが断ったのか、女子芸の五人は誰も本当の理由は気にしていないようだったので、空色はほっとした。

　拳をぶるぶると震わせていた静香が立ち上がった。

「こうなったら勝負よ！」

　勝負？　意味不明な角度の発言を静香がしてきた。文脈がつながっていない。

「何言ってるの？」

　空色は薄ら笑いを浮かべることしかできなかった。

「あんたたち、学園祭はいつ？」

「え？　知らないよ」

「とぼけるな！」

「学園祭でけじめつけろ！」

「負けたら恵里奈と付き合え！」

　こいつら宇宙人だろうか。話が通じない。

「意味わかんねえよ」

　アースがこれ以上ない、この場にぴったりな発言をした。ダイソンとビスコが、うんうんと頷いた。

「逃げる気なのね。卑怯者！」

「亀高のくせに！」

「才能無いくせに！」

「偏差値低いくせに！」

「童貞のくせに！」

段々空色は腹が立ってきた。バスロマンはここまで言われるような酷いことをしただろうか。それに個人攻撃より、亀高の悪口になんだか妙に腹が立った。言葉の端々に、女子芸が上で亀高が下だという侮蔑が混じっている気がする。

いくら桃子の呼び出しでも、我慢の限界を超えていた。

「いいよ、勝負しよう」

空色は煽りに乗って返事してしまった。

「当たり前よ！」

「あんたたちに選択権はないのよ！」

空色は覚悟を決めた。一打逆転してやる。

「俺らが負けたら、バスロマンは恵里奈と付き合う」

「ちょ……、何言ってるの！」

バスロマンが涙を振りまきながら取り乱した。

「その代わり、俺らが勝ったら――」

空色は腕を震わせながら桃子に指を差して高らかに宣戦布告した。

「お前ら全員ヌードモデルになれ！」

言った。

空色はついに言ってやった。

どうせすでにド変態呼ばわりされている。今さら失うモノはない。

女神を愛したら星になる、みたいな歌詞の歌が流れてきて、空色は星になる決意をした。

「いいわよ」

美紀が何のためらいもなく言った。

ほかの四人も特に異論はないようだった。

「え？　いいの？」

空色はまさか了承されるとは思ってなかったのでコケそうになった。

残りの亀高スポバカたちも目を丸くして口を開けっ放しにして驚いていた。

女子高生五人をハダカにして思う存分見続けてやる。これ以上のモチベーションはない。

プロのモデルより、目の前の五人。

現役女子高生とトドのレオタードを比べたら、太陽とブラックホールの差だ。

どうせ夢を叶えるのなら、考えうる最高の状態で叶えたい。

これだ、俺たちの本当に見たかったものは、これだったのだ。

女子高生のは・だ・か。

桃子のは・だ・か。

考えてみれば空色たちはバスロマンしか失わないので、非常にラッキーな条件だということに気がついた。負けてもバスロマンさえ犠牲になればいいのだ。こんな気楽な戦いはない。愚かなヤツらだ、と空色はほくそ笑んだが、女子芸の五人は全く負けることなど想定していない勝ち誇った表情だった。

「その代わり、あんたたちも負けたらフルヌードだからね」

静香が当然、という顔で条件を付け足した。そのくらいの条件いくらでも飲んでやる。

「しかもあたしたちのクラス全員の前でね」

「どうせあたしたちが勝つんだから」

「笑い者にしてやる」

「絶対勝とうね！　絶対！」

バスロマンが泣きながら空色たちに訴えた。空色はバスロマンがかわいそうで仕方がなかったが、それよりも星になってでもこの勝負に勝ちたかった。

「五人並べて脱がしたいよね！」

ダイソンが嬉しそうにガッツポーズした。ダイソンはいつも無駄にポジティブだ。

「考えただけで、やべぇ」

アースはイマジネーションをフルに発揮して股間を押さえた。

こうして成り行きとはいえ、女子芸五人と勝負することになった。桃子と戦わなければならない。本当にそれでいいのだろうか。よく考えたら、勝つとスポバカたちに桃子のハダカを見られてしまう。まあ、そんな心配は勝ってからでもいいか、と空色は安易に考えた。

今度こそ勝ちたい。勝って桃子のハダカを見たい。

「しょ、勝負って、何の？」

ビスコが思い出したように言った。


講習会が終わってから数日後、まだ夏休み真ん中の空色は桃子の家に電話した。

どうやって勝負するか訊くためだ。

中学の卒業アルバムで電話番号を調べて初めてかけた。

はじめ桃子のお母さんが出て、「鈴木君って、小学校から一緒だった鈴木君？」と一通り昔話をされた後､桃子に電話を代わってもらった。知らなかったが母親同士が仲良かったらしい。

桃子は迷惑そうに電話に出た。

「何?」

「こないだはひどかったね。なんで戦うことになったんだろうね」

「あの、バスロマンって人が、恵里奈と素直に付き合ってくれればこんなことにならなかったのよ」

「でもバスロマンは恵里奈のことが好きじゃないんだからしょうがないじゃん」

「付き合えばいいのよ。だってだれとも付き合ってないんでしょ?」

「そうだけど、でも……、いや、あの」

「はっきりしないなあ」

はっきりしたら何を言われるかわからない。

そのあと、なんだかんだで空色は桃子と電話で二時間以上しゃべった。桃子と初めて電話したのに長電話できて嬉しかった。

「八月十日に駅前に来て」

最後に勝負のことを訊くと、なぜか日時を言われ電話を切られた。

これが女の子との電話か、めちゃくちゃ楽しいな、と空色は思った。直接会って話すのとはまた別の楽しさだ。初「女の子との電話記念日」だ。母親が家にいなくてよかった。

ベッドに寝転んで電話の内容を反芻《はんすう》して思わずにやけてしまった。

なんだかんだ言って、桃子は俺と会ったり話したりすることは嫌じゃないんだろうな、と空色は自分に都合のいいように考えた。

もしかしたらこの夏休み中に、桃子とどうにかなっちゃうかも。

高校生だしな、桃子もいい雰囲気だったしな。やっぱり自転車の時に抱きしめればよかった。わざわざ駅前に呼び出されたのも、もしかしたら逆告白されちゃうのかな。

また電話したいけど、十日まではしちゃダメだよな、と様々な妄想が空色の頭の中を渦巻いた。

もう遅い時間だったので、エロスの海に行くのはやめて、『サーキットの狼』の二巻の有名なページで、妄想力を全開にしてアレをアレした。サーキットの狼の二巻といえば、誰もが同じコマを思い出す。国宝だ。全国の八〇年代少年がそうだろうな、と空色は感動を覚えた。

枕が猫に占領されていた。どかそうとして猫の目を横にぎゅっと引っ張ったら真顔で「シャー」と言われた。

8

十日、空色が自転車で東久留米駅の改札前に行くと、桃子が浴衣で立っていた。

小学生から今まで見たことのなかった桃子の浴衣姿。こんなに可愛いものが、この世に存在するなんて。

空色はしばらく桃子の浴衣姿に見とれてしまった。

「遅い」

約束の十五分前だった。

「ごめん」

桃子は文句を言うと、空色を小さな喫茶店に連れて行った。

二人はメロンソーダを頼んだ。緑色の炭酸が窓際の席で弾けた。

「で、勝負って何なの？　具体的に」

早速空色は用件を切り出した。

「絵に決まってるでしょ」

「だから絵で勝負って、どうやって？」

白地に赤い金魚の模様と赤い帯、赤い下駄。桃子を何百回も見ていたが、浴衣姿は制服よりもスクール水着よりもブルマーよりも、一番かわいいなと、空色は改めて思った。下駄を持って帰りたい、とまたド変態妄想をしてしまった自分を呪った。

向かい合った席でメロンソーダを飲みながら何度も何度も桃子を上から下まで見た。桃子は空色の視線を全く気にする素振りも見せず、ゆっくりメロンソーダを飲み干すまで何も言わなかった。

くちびるつんと尖らせて、何かたくらむ表情は。

空色は飽きることなくそれを見守った。

「動員数よ」

「え?」

「来場者を何人集められるかで決めるの」

来場者全員に記名してもらい、その人数を比べるという。

「学園祭、十月十日と十一日の連休でしょ?」

「うん」

「女子芸も同じ日なのよ。だから条件は一緒」

なるほど、と空色は納得した。それならフェアに勝負できる。たったそれだけで女子高生五人のハダカが見られるなんて、楽勝だと思った。

伝票を当たり前のように空色に任せ、桃子は店を出て駅に向かった。

「早く来なさいよ」

「どこへ行くの？」

「花火」

それで浴衣なのか！

とうとう二人きりでデートだ。しかも桃子から誘ってくれるなんて。

二人は西武池袋線で都内に向かった。

電車の中で大した話はしなかったが、それでも空色は飛び上がるほど嬉しかった。

手を握っちゃおうかなあ、花火がドーンと上がって、キャッとか言いながら抱きついてきたりして。いやいや今日こそ本気の告白を、うわーAまでいったらどうしよう、浴衣だからいっそBまで、などといろいろ妄想が膨らみ、及川の頭の悪い歌が思い出される。

桃子はずっと電車の外を見ていた。

どうしてこんなに美少女なんだろう、とポニーテールのうなじに見とれてしまった。

この浴衣の美少女が数時間後には俺の腕の中に。

せめてAまで！

真夏の花火大会ほどAにふさわしいシチュエーションはないな、と期待が高まる。

会場のある篠崎駅に着くと、なぜか桃子はきょろきょろと改札辺りを見回している。

そして満面の笑みで手を振った。

「一樹君！」

え？

何それ。

一樹って、あの一樹？

なぜここで、一樹？

ちょっと、桃子ちゃんどういうこと？

桃子が呼ぶ方を見ると、一樹が鼠色の浴衣姿で券売機の前に立っていた。

「じゃあね」

空色にひとことだけ言って手を振り、桃子は小走りで改札を抜けると、一樹の待つ方へ行ってしまった。

一樹も空色に気づき、爽やかに笑いながら声を掛けた。

「よう、補欠」

おい。

ちょっと待て。

「補欠も花火楽しめよ」

浴衣の二人は笑いながら手をつないで雑踏の中へ消えていった。

俺は桃子をここまで連れてきただけの警備員かなんかか。

いくらなんでもそれは酷過ぎるだろ、と空色は泣きそうになって切符を握りしめた。

浴衣のカップルが何組も空色の肩にぶつかって改札を出ていく。

硬い切符が手の中でパキッと折れた。

それと同時に空色の中で何かがキレた音がした。

お前ら絶対許さない。

絶対勝つ！

絶対勝って、桃子をみんなの前でハダカにしてやる！

恥ずかしさに泣いてしまえ！

勝負を挑んできたのは桃子たちだ。

遠慮はしない。絶対に女子芸に勝つ！

必ず桃子を皆の前で辱めてやる。

わはははは。見ていろ、一樹。お前の彼女をあられもない姿で俺たちの前に立たせてやる。

いいや、立ってるだけじゃない、とんでもないポーズまでさせてやる。今こそ中学のエロイラストを現実にするのだ。及川にも見せてやる。せいぜい今のうちに花火を二人で楽しんでおけ。ドーンという花火の音が空色のドス黒い腹の底に沁みた。


空色は帰りの電車で一人、ドア際に立ち尽くしていた。

ボケーっと外の景色を見つめながら、ふと、奏のことを思い出した。

電話番号すら知らないから、どうしているかわからない。もちろん住所も知らないから手紙も書けない。八〇年代少年から電話と手紙をとったら、通信手段は鳩かのろしくらいしかない。

そういえば奏は芸能人だったなと思い出し、東久留米駅で降り、駅前のコンビニで『ぴあ』を立ち読みしていちご倶楽部を探した。

簡単に見つかった。全国ツアーの真っ最中らしい。ほかの雑誌を探してみると、『ヤンジャン』にも——

み、水着のグラビアが。

『センターフォールド』が脳内で流れ出す。

学校の天使がグラビアに出ている、という歌だ。

手をつないだあの女子が水着でグラビアに出てるなんて、鼻血が出そうだ。

あの煙草を吸っている汚い言葉を吐く姿からは考えられない、爽やかでおしとやかな表情で微笑んでいた。

嘘つきめ。

プロフィール欄を見ると、ラジオ番組をやっていると書いてある。今夜だ。

『ヤンジャン』を買って自転車に乗り、即行で家に帰ってスカイセンサーでチューニングをTOKYO FMに合わせた。もう既に番組は始まっていた。

メンバーが四人いるためか、奏はほとんど喋っていない。奏の声を待ってイライラしていると、最後にぽつんと学校の話をし始めた。

《学校で唯一気が休まる場所があります。それは屋上です。ぼんやり空を眺めるのがすごく好きです》

ぶりっ子め。煙草吸ってるだけのくせに。

《落ち込みそうになっても、空の色を見ていると、なんだか安心します》

番組は、その後一曲だけいちご倶楽部の曲をかけると終わってしまった。初めていちご倶楽部の歌を聴いたが曲はひどかった。だからアイドルは嫌いなんだ。

ラジオを切ってヤンジャンを見ると、頭の中に『センターフォールド』が再び流れ出す。隣にいた女の子がビキニを着て微笑んでるのを雑誌で見るのって、なんだかすげえな！　と思ったが、何度グラビアを見ても、あの知っている奏と一致しない。別人の気がする。アイドルはやっぱりアイドルで、空色には無縁に思えた。知っているあの屋上の奏の方がいい。

猫を腹の上に乗せると、ちょっと嫌がったが、すぐに大人しくなって空色をじっと見ていた。空色も猫を見た。しばらく睨み合ったら、ぷいと横を向いて寝てしまった。

奏と話したかった。

でも、今日の浴衣の桃子は本当にかわいかった。

空色はどちらに会いたいかを真剣に考えてみた。

好きなのは桃子だが、今日の桃子のしたことは絶対許せない。奏は煙草を吸うのが嫌だ。でも一緒にいると自然体でいられる気がする。

自分でもよくわからなかった。

理想の女なんてものは、漫画の中にしかいないんだな、と十五にして悟った。

洗濯しなくちゃ、と思いながら、空色は猫を腹に乗せたまま眠った。

眠っている間に夏がゆるゆると通り過ぎていった。

No.

Date . .

1

二学期の始業式の後、空色は溢れる笑みを隠しながら屋上に上がった。

いつものように奏が煙草を吸っていた。

「奏」

後ろから声をかけると、奏がゆっくり振り向いて空色を見た。

「空色じゃん」

ようやく名前を覚えたらしい。

「水色だっけ？」

空色は目をつむり、それは聞かなかったことにした。

「ヤンジャン、見たよ」

「ふーん」

奏はいつも通り素っ気なかった。むしろそんな話は聞きたくなさそうだった。

「水着着て微笑んだりしてて大爆笑。この嘘つき」

「クソみたいでやってらんねーよ」

オンとオフのはっきりしたヤツだな、と空色は逆に感心した。

「あと、ラジオも聴いた」

「あれもクソ」

「確かに曲も酷かった。申し訳ないけど俺はやっぱりアイドルは無理」

「その方がいいっちゃ」

空色はそれ以上、仕事の話はしないでおいた。少しだけ、その辺の駆け引きがわかるようになってきた。

いつもの一人と一人の時間がしばらく流れたが、もう一度空色から話しかけた。

「電話番号教えてよ」

唐突に言ってみたら、奏はちょっと不思議そうな顔で空色を見た。

「いいけど、あたしたち電話で話すことなんてある？」

冷たいけど、そう言われればそうかも、と空色は思った。

クスッと笑って奏は空色のネクタイを引っ張った。

「嘘だよ。たまにならいいよ」

そう言って奏が大きく微笑んだ。

また二人で無言でぼーっと空を見た。正確には一人と一人だ。

大気が澄んでいてフェンスの向こうの新宿がくっきり見えた。

牛乳パックみたいなビル、ゼリーみたいな空、オペラみたいな子供たちの声。

奏と屋上にいると気分が良かった。

しかし電話番号は結局聞き逃してしまった。


二日目、津久田先生から呼び出しを喰らった。

職員室に五人で行くと、津久田先生は天津飯を食べながら空色たちを待っていた。

「お前ら、夏期講習会行ったんだって？」

「はい」

「ヌードは見れたのか」

「おばちゃんのレオタードしか見られませんでした」

津久田先生はやっぱりな、という表情でニヤニヤしていた。

空色はいつまで経ってもその笑い方が気持ち悪くて慣れなかった。

天津飯を食べ終えると、先生は思い出したように変なことを言いだした。

「お前ら、エロ漫画描け」

「はあ？」

「デッサンするより楽しいだろう」

「でも俺たち、女とやったことないっすから」

「あのなあ、妄想の方が面白くなるんだよ、童貞がお前らの強みだろ」

これが教師の言うことだろうか。頭がどうかしているとしか思えない。話はそれで終わりだった。わざわざ呼び出して言う意味がわからなかった。童貞が強みって……。

そのすぐあと、例の先輩にも呼び出しを喰らった。夏休み明けというのは忙しいものだ。

スナック「るんるん」につくと、すぐにオバちゃんがウイスキーの瓶と氷の入ったグラスを持ってきた。ビールすら飲めないのに。

稲妻先輩が店の奥でニヤニヤしながら煙草を吸っている。ものすごく嬉しそうだ。

「お前ら、講習会行ったのか」

「はい」

「良かっただろう。俺のおかげだな」

「おかげさまで褒められました」

「男にはなったのか」

「男にはなれませんでした」

「だらしねえ奴らだ。俺は講習会のモデルの女とやりまくったぞ」

空色たちの脳裏に、レオタードのトドのおばちゃんが浮かんだ。あのトドとやりまくったのだろうか。

「あのモデルの女は俺たちには無理っす」

ダイソンが余計なことを発表した。

「そうだろう。あんないい女はお前らには無理だ」

プッと五人が笑うと、取り巻きがまた真っ赤な顔で睨みつけてきた。取り巻きも講習会に参加してあのトドを見たのだろうか。

「まあ、ママにはかなわないけどな」

稲妻先輩はそう言いながらカウンターの中のおばちゃんと、また目と目を合わせた。それを見て稲妻先輩には女の話はもうやめておこうと空色は思った。

今日の稲妻先輩のTシャツは、『なめ猫』だった。カルト好きだと思ってちょっと一目置いていたのに、ただの流行り好きなだけのミーハーなのかも。

今日は機嫌が良かったのか、空色たちは初めて殴られずに済んだ。しかし水割りを飲まされて、あとでゲロゲロ吐いた。

スポバカ五人は「るんるん」から学校に戻ると、またキャッチボールしながら女子芸との勝負について話し合った。

「勝負って、どうすんだよ」

アースが空色に食ってかかった。

「わかんないけど女子芸には絶対に勝つ！　絶対に脱がす！」

空色は鼻息荒く、強いボールを投げた。

「絶対勝とうよ、勝つプランを立てよう」

バスロマンが泣きそうな顔でキャッチした。

「俺たちの強みで勝負しよう」

ダイソンが珍しくまともなことを言う。

「強みって？」

「スポーツ！」

やっぱりダイソンはバカだった。

「大きな油絵を描くのは？」

バスロマンは人柱になりたくなくて真剣だった。

「でっかいって、何を描くんだ？」とアースがボールを投げた。

「富士山！」とダイソン。

「それじゃ銭湯だろ！」

みんな、まともに油画を描いたことがないので、何を題材にすればいいのか、さっぱり思いつかない。

話し合いは膠着《こうちゃく》状態になり、ノーアイデアのまま無言でボールを回した。

「や、や、やっぱりクロッキーかな」

ビスコがボールをキャッチしながら言った。確かにクロッキーでは一度勝っている。現在の五人の唯一の強みには違いなかった。童貞以外は。

「クロッキーって作品じゃないだろ、ただの練習だろ」

アースのグローブがいい音を立ててビスコからのボールをキャッチして、その意見を却下した。

「いや、あれを一万枚くらい貼り出せば迫力あるかも」

空色はよく考えないで恐ろしいことを言いながらアースからボールを受けた。

「一万枚って、お前、二千枚すら描けなかったのに」

「い、い、いや、五人で二千枚ずつだから、す、すでに一万枚近くある」

ビスコが良いことを指摘した。ビスコの言うことはいつも説得力がある。

「もうできたじゃん」

ダイソンが楽ができそうなのであからさまに嬉しそうな顔で、空色のボールを受けた。

「だけどそれで人が集まるかなあ」

「うーん」

それ以上話が進まなかったので、キャッチボールを止めて帰宅することにした。


家に帰り、晩御飯の前に長袖Tシャツと短パン、スニーカーに着替えてランニングに出た。考えごとをするのに家でじっとしているより、身体を動かした方が脳も働くと思ったからだ。

ウォークマンⅡを聴きながら桃子の家に向かった。

団地の周りを走り始めて五分もしないうちに背中から熱が発散され汗が出てきた。この状態になり初めて、頭がクリアになって考え事ができる。

走る。走る。

汗が流れるのが気持ち良かった。走るほど身体が軽くなる。ニューバランスＭ９９０の底が、いい感じに地面を弾く。

気がつくと桃子のマンションに着いていた。もう十二時過ぎているから部屋の明かりは消えていた。

桃子に勝ちたい気持ちと、桃子を好きな気持ち。今、どっちが強いだろう。もしかしたら勝ちたい気持ちの方が強いかもしれない。それは脱がしたい、という理由だけじゃなくて、何かと戦っていたいという気持ち。勝利の瞬間を味わいたいという気持ち。そして何かをやりきりたいという気持ちが強い。全力でぶつかって、全力でぶっ倒れたい。

でもその表現方法がわからない。

やっぱり走っても何も思いつかない。

桃子の部屋におやすみすると、空色は家とは別の方角に向かった。

空色はヴァン・ヘイレンの『ダイヴァー・ダウン』のカセットテープを二周半聴くだけの距離を走った。

青い夜、白い街灯、時々流れる赤いテールランプ。

こめかみを流れる汗。

アスファルトから夏の匂い。

いつの間にか、作品のことも桃子のことも消えていた。

その日以来、猫が帰ってこなくなった。

2

「本当にいいのね」

桃子が真剣な目つきで念を押した。

女子芸たち五人も放課後、教室で話し合っていた。

「やるしかないでしょ」

「大丈夫よ、それなら絶対勝つから」

「あたしたちの最大の強みよね」

「全然平気。つーか、楽しい」

美紀と静香と恵里奈と亜美が応えた。

女子芸たちは学園祭に出すモノを早くも決めていた。静香のアイデアだった。

静香たちは負けるつもりは一切なかった。

「やるからには人を呼ぶわよ」

「美術雑誌に案内出そう」

「フライヤー作ろう」

女子芸の五人は怪しい秘密結社のように静かに笑い合い、完全に勝利を確信していた。

「あのバカ亀高どもを叩き潰してやる」

静香は夏期講習会の恨みを忘れていなかった。

　静香はこの恵里奈のためのくだらない勝負には何の関心もなかった。しかし作品を創ること、しかも自分のアイデアで他の四人も動くことで、今まで以上の傑作ができることを予感していた。自分のキャリアにそういうものがあってもいい。これは結局自分のためになる。そう思って自ら大掛かりな提案をしたのだった。

そして学園祭まで、一ヶ月間小さな教室を貸し切ることを担任に申し出た。

担任は静香たちの計画に逡巡しながらも、教室を貸し切ることを渋々了承した。

亜美が誰も入って来られないよう教室の扉の鍵をしっかりと閉めた。

◆

奏は早く高校もアイドルも辞めたかった。

歌とダンスのレッスンがほぼ毎日のようにあり、さらにミーティング、レコーディング、撮影、取材、時にはライブがあって、その上で高校に通うには睡眠時間が三時間ほどしか取れなかった。

また、奏はほかに三人いるいちご倶楽部のメンバーと仲が悪いことにも悩んでいた。ほかのメンバーは皆年上で、初めからアイドルになりたくてアイドルをしている子たちで、ほかに夢がある奏とは目標がまるで違っていた。しかし一番年下の奏がメインボーカルで、撮影でも常にセンターだったため、グループ内で大きな確執があった。

メンバーたちは、奏のファンからの贈り物も捨て、ひどい時は衣装をカッターで切り裂かれるような嫌がらせもされた。ラジオ番組でも奏には喋らせないようにしていた。

楽屋でも一人だけ孤立し、奏の居場所はなくなっていった。集まるのはアイドルである奏を手に入れようとする大人たちだけだった。

奏は自分の夢を叶えるために、あとどれだけのことを我慢しなければならないかを考えて、ため息をついた。

レッスンの帰りの電車で、奏はふと空色を思い出した。

空色と電話したら心が軽くなるだろうか。

奏は電車の窓に映る自分を見ながら空色の顔を想像した。

屋上のフェンスにもたれかかって空を見ている、あの無関心な顔を。

3

家の中も団地の敷地内も道路の向こうの商店街も見て回った。

しかしどこにも猫の姿はなかった。

車に轢かれたようでもない。

男の子だから旅に出たのかな、と空色は思うことにした。

空色はそのことをメモで母親に伝えた。『そのうち帰ってくるよ』と翌朝お気楽な返事が冷蔵庫に貼ってあった。それでも空色は寂しかった。


空色たち五人は毎日放課後学園祭の勝負の企画について話し合った。しかし良いアイデアをいくらひねり出そうとしても全く出てこない。

二学期が始まり一週間が経った土曜日、また五人は学校に泊まり込みで話し合うことにした。早く決めないと制作する時間がなくなる。

「人が集まるっていったら、やっぱりデカいモノでしょ」

ダイソンはいつもいい加減だが、たまにまともなことを言う。

「実物大のガンダムってどう？」

「そんなもん三十年かかってもできねえ！」

アースが絶対無理だと言い切った。

「じゃあ、ピラミッド」

「お前が石を運んでこいよ」

話は堂々巡りで、さっぱり前に進まなかった。皆、イライラしていた。

「ちょっとさあ、頭冷やそうぜ」

「ん？」

アースの提案で五人はそっと彫刻室の扉を開け、真っ暗な廊下に出た。

そのまま一階に上がり美棟の玄関を抜け、警備員に見つからないようにプールへ向かった。

亀高は室内プールで、半地下になっている。

五人はプールの裏口の鍵が壊れている扉から、そっとプールサイドに入った。

「え？　マジで泳ぐの？　髪が乱れるんだけど」

躊躇するダイソンを四人で抱えて服のままプールに投げ込んだ。

プールに、ザブンと大きな水の音が響く。

空色たちは服を脱ぎ、全裸になると次々にダークブルーのプールに飛び込んだ。

半地下の窓から差し込む僅《わず》かな明かりで、身体の輪郭が白く浮き上がっていた。

暗がりの中でフリチンのままプールに浮かんでいると、不思議な解放感がある。

あの日、桃子と一緒に花火が見たかった。空色は心からそう思った。

「早く来いよ」

アースとダイソンが、脱がずにプールサイドでくねくねしていたバスロマンを呼んだ。

「僕は脱がないからね」

「パンツでいいから来いよ」

渋々シャツとズボンと靴下を脱いだバスロマンは、首と腕を何度か回して、飛び込み台に立った。バスロマンは銀色のTバックだった。

飛び込む前の前傾姿勢が元水泳部の姿を想起させる。

そしてバスロマンは音をほとんど立てずに水面に飛び込んだ。

その時、空色はプールの中央でバスロマンの動きを見つめていた。

バスロマンの飛び込みは美しく、まるでストップモーションのように空色の目に焼きついた。

どんなスポーツでも一流の動きは皆、美しい。バッティングも投球モーションも。

バスロマンはそのまま音を立てずにクロールで二十五メートル泳いだ。空色はそれをずっと目で追いかけていた。

「きれいだ」

「え？　僕が？　ほんとに？　どこがきれい？」

「動きとか身体とか」

「僕の身体がきれい？　いやあん！　本当に？」

戻って来たバスロマンを空色が褒めると、バスロマンは顔を赤くしながら喜んだ。

「あの飛び込みをクロッキーできないかな」

空色はプールの真ん中に浮かんだまま、何度もバスロマンの飛び込みを思い出していた。

「もう一度、飛び込もうか？」

バスロマンは得意げに、何度も飛び込みを見せた。

空色はバスロマンの動きを凝視した。何かが微かに浮かびあがりそうな気がした。

身体、動き、素描、ストップモーション。

ダイソンが言うように、やっぱり自分たちの強みはスポーツかもしれない。

しかしヒントはある気がするが、どう表現したらいいかわからない。

空色はそんな自分にイラついて、五人で二十五メートルのレースをした。当然元水泳部のバスロマンがぶっちぎりで一位だった。

泳ぐのも、走るのと同じくらい気持ちいい。

夜のプール、水の跳ねる音、ハダカの少年たち。

空色は考えるのが面倒になり、腕が上がらなくなるまで泳ぎ続けた。

金曜日、空色は油画の時間に見回りに来た津久田先生に真顔で尋ねた。

「先生、動きを立体的に表現するにはどうしたらいいですか？」

先生は渋った顔をして、空色を見た。

「こないだなあ、八百屋で大根を買おうとしたら、値札にしめじって書いてあったんだよ」

「はあ」

「ほかのも全部しめじって書いてあってな。最近は大根って言わないんだな」

空色はまたしても聞いたことを後悔した。たまにまともなことを言うので期待したのだが、今回も外してしまった。

「もういいです」

「東京はな、アートの街なんだよ。お前らは東京に住んでるのが強みだろ。美術館も小さなギャラリーもほかの街の何倍あると思ってるんだ。人の作品を観に行け」

言われてみれば上野の美術館に一回行っただけだった。人の作品を観てアイデアが出ることなんてあるのだろうか。それはパクリではないのか。

「でもな、本当は一番美術館が多いのは長野県なんだ」

東京じゃないじゃん！　と思ったが、まあそれはいい。いつものことだ。

津久田先生に言われた通り、たまには一人で美術館に観に行ってみようと空色は思った。

日曜日、空色は朝イチから東京都美術館と国立西洋美術館、根津美術館を回ってみた。

以前東京都美術館でぼんやり作品を観た時と景色が違って見えた。

自分が作りたいもの、探したいものがはっきりあると、どれが自分に必要なものかよく分かる。大きな油画でも繊細な日本画でも細密な版画でもない。でも木彫や抽象彫刻でもない。空色が夜のプールでバスロマンの飛び込みを見た時に感じた想い。それを表現するための方法。動きを表現するための方法。

歴史的な有名画家、仏画、プロの作家、書道、素人の団体、参考になるようなものはなかなか見つからなかった。こんなに街中にアートが溢れているのに。

しかしそのヒントを銀座の小さなギャラリーの無名の作家の個展で見つけた。

台の上に載った、小さな針金細工の椅子だった。

これだ。

ようやく見つけた。

それを見た瞬間、空色の中で何かが起きた。

空色は最初、それがアイデアが生まれた瞬間だと気づかなかった。

脳の中に何かの物質が流れ出して、じっとしていられない気がする。

この針金細工を見て、動きを表現する方法を思いついた。

しかも人が集まるほど面白いもの。迫力のあるもの。驚きのあるもの。

そして自分自身の身体を使うことを。

それらのアイデアが同時に空色の脳に宿った。あんなに苦しんでいたのに、出てくる時は一瞬だ。文化祭当日の人々の様子まで想像できる。

これなら女子芸に勝てる。脱がせられる。

空色は自分のアイデアに興奮と快感を覚えた。

身体が疼く、息が詰まる、エネルギーが身体の奥底から湧き上がる。

これが岡本太郎の言う、爆発なのだろうか。

これがアートなのだろうか。


稲妻先輩は平日だけでなく、日曜日も「るんるん」に来ていた。取り巻きたちは日曜日くらいは解放してほしかったが、稲妻先輩が怖くて逆らえなかった。

「お前ら、一年のスポバカたちを目立たなくする作戦、ちゃんと考えてるのか」

稲妻先輩は稲光のような怒号で取り巻きを威嚇した。全員、そんなことには興味なかった。

「ヤキを入れるのはどうでしょうか」

「ばかやろう、いつもいつもヤキ入れても効果ねえんだよ。飴と鞭が大事だろ」

「すいません」

「でも、ヤキを入れるのはいい作戦だな」

どっちなんだ！　と、取り巻きたちは心の中で突っ込んだが、何も言わなかった。

「俺のヨンフォアを見せつけてビビらせるって手もあるな」

「トオル先輩、免許持ってないじゃないですか」

「うるせえ！　バイク持ってることが重要なんだよ！　走りじゃねえんだ。族じゃねえし」

「そのバイクもトオル先輩の親父さんのものじゃないですか」

「うるせえ！　そん時だけパパから借りるんだよ」

「す、すみません」

取り巻きたちはどうでもよくなり、それ以上喋らなかった。

ママが冷えたビールを持ってカウンターから出てきた。

「トオル君、あんまり後輩イジメちゃダメよ」

トオル君とは稲妻先輩のことだ。

「分かってるよママ」

と、稲妻先輩は五十をかなり過ぎているであろうママと、唇をチュッと合わせた。


津久田先生は犬を連れて商店街を散歩していた。

先生は整然としたビルが並ぶ都会より、ゴチャゴチャした商店街が好きだった。

八百屋で大根を手にとってみた。

「ダンコン」と書いてある。

このあいだは「しめじ」と書いてあったのに、と津久田先生は八百屋に不満を抱いた。

名前の変化についていけないな、と考えながら、先生は大根を段ボールに戻し、八百屋を去った。

どうしても「ダイコン」と書かない重大な理由があるのだろうか、と先生は考えた。

方言だろうか、いや、品種改良した新種なのかもしれない。

先生は色々考えを巡らしながら、トンカツ屋の前を通った。

「牛ヘレ一口カツ」と横書きされたお品書きを見た。

「ヘレーロ」とはなんだろう？　と先生はまた疑問を持った。知らない料理だろうか。ギリシャ語のようだ。いつからトンカツ屋はギリシャ料理を出すようになったのだろう、と深く考えを巡らせた。

そうだ、たこ焼きを買って帰ろう、と思い、先生はたこ焼き屋の屋台に向かった。

目の前で焼けるのを待っていると、一匹の黒い虫がたこ焼き器の中へ入った。

ゴキブリだった。

たこ焼き屋のおばちゃんは、たこ焼き器の中のゴキブリを素手でガッと掴み、そのまま素手でぶちっと潰して地面に投げ捨てた。一連の出来事をつぶさに見ていた津久田先生に気づいたおばちゃんは、笑いながらたこ焼きを焼き続けた。

「カルシウム入れといたわ」

津久田先生はたこ焼きを買わずに店を去った。

やはり商店街は刺激に満ちている、と津久田先生は満足して犬とともに家に向かった。

月曜日、空色はスポバカ四人にギャラリーで思いついた作品の説明をした。

作り方、展示の仕方、客の集め方を。

「マジか。それ、最後は当然お前がやるんだよな」

アースが驚いて空色に責任を押しつけた。

「嫌だけど、しょうがない」

「まあ、確かに人は集まるんじゃない」

ダイソンは人ごとのようだった。

四人とも空色のアイデアに異論はなかった。時間的にはギリギリだが、確かにクロッキー一万枚より、でっかい富士山より、インパクトはあるだろうということになった。

五人はまず、立体作品を創るためのクロッキーから始めた。空色がモデルになって、違う方向から四人で描いた。夏の二千枚の経験で、今ではもう普通に一枚二分で描くことができた。

そして二日間で百数十枚を描き終えると、立体を作る材料を買うために、その足で渋谷の東急ハンズに買い物に行った。

やることさえ決まってしまえば、あとは手を動かすだけだ。

五人が四方向から描いたクロッキーを参考に、それぞれ立体を創る。

あと二十四日間で百三十体以上作らなければならなかった。

リアルサイズの立体物、しかも使ったことのない材料だったので、五人は初めの一体を作るのに苦戦した。平面と違って、立体はどこから見ても美しくなければいけない。しかも独特の素材が思ったようなカタチにならない。倒れないように重心をまっすぐにするだけでも大変だった。重心がまっすぐではないということは、デッサンが狂っているということだ。

しかし空色の「クロッキーをそのまま立体に」という言葉に従い、みんな必死に空中に線を描いていった。


あと二十日。

下がっては全体を見、細部を創り込むために床に寝そべり、方向を変えてカタチをチェックする。それを延々と繰り返す。

思ったより力も要る。指先に怪我もした。それでも手は止めなかった。

五つ、六つと作るうちに、空中でも強い線と弱い線を描き分けることができるようになった。

八つを超えたところで、速い線と遅い線を描き分けることができるようになった。

十体を超えたところで、粗と密、緩と急を使い分けることを覚えた。

しかしやればやるほど先は遠くなっていく。

クラスのほかの生徒たちは、みんな油画か彫刻を作るようだった。おかちよは運慶と快慶作の金剛力士像の油画を描くらしい。渋いなあ、と空色は思った。

タマちゃんは実家の文房具の廃棄品を格安で売るつもりとのこと。

そんな時、ビスコが絵画室の倉庫からとんでもないものを発見してきた。

稲妻先輩の過去の作品だった。

ラベンダー畑のイラストに、『マイ・ラベンダー・ドリーム　by　トオル』と題した稲妻先輩のポエムが書いてあった。

『泣いたっていいんだよ　ドント・クライ
すみれ色のダイアリー　君に会いたくて川沿いシーサイド
瞳を閉じて　やればできる子スプラッシュ
ららら　マイ・ラベンダー・ドリーム
真昼のプラネタリウムは　忘れてもいいからドント・フォーゲット
君は伝説のレジェンド　一人ぼっちじゃないんだからアローン
翼広げて　地球にありがとう
ららら　マイ・ラベンダー・ドリーム』

稲妻ヤンキークオリティに五人は大爆笑した。やっぱりただ者じゃない。伝説の男は伊達《だて》に留年していない、一周回って本物のアーティストだと思った。

「すみれって、ヴァイオレットだよね？　ラベンダーじゃないよね」

バスロマンの鋭い指摘に全員でもう一度笑った。

はーっ、とアースがため息をついた。

「ハダカより、俺、勝ったら桃子ちゃんとセプテンバー・ラブしたかったな」

『すみれSeptember Love』から連想したのだろう。あいかわらず歌謡曲の好きなやつだ。確かに今は九月。いや、そういうことじゃない。

「おま……、なんでそうなるんだよ。俺が桃子好きなこと知ってるだろ」

「だってお前ら、仲悪いじゃん。俺の方がいけそうじゃん」

空色は言い返せなかった。確かに自分が相手にされていないんだから、誰であってもチャンスは平等かもしれない。

大体、空色は本当に桃子が好きなのかどうかも怪しくなってきていた。


学園祭まであと十五日。

作品は三十体を超えた。

クロッキーを空間に描く。そのつもりで創り続けているが、果たしてほかの人が見てもそう見てくれるだろうか。自分たちだけがそう思ってるだけじゃないのだろうかと、空色は完成度にも不安を抱いた。

一体だけでは成り立たないので、全部完成しないと出来がわからないだろうが、それでもやはり一体ずつの完成度も気になった。

これは誰が見ても美しいと思える作品なのだろうか。

人を集めるためだけの、ただのお祭りで、アートなんかじゃないかもしれない。

じゃあ、アートって何だろう。

空色は迷った。

迷うことが苦しい。創ることが苦しい。制作も恋愛も苦しいことばかりだ。高校生になったら楽しい毎日が待っていると思っていたのに、実際は辛いことばかり増えている。

美棟の廊下に座り込んでいたら、津久田先生が通りかかった。

また変なことを言われる気もしたが、一応聞いてみた。

「これ、クロッキーに見えますか？」

「この間、喫茶店に入ったんだよ」

「はあ」

やっぱり質問にまともに答えてはくれない。

「アイスコーヒーって、頼んだのにな、店員が『アイスコーヒーですね、ホットですかアイスですか』って訊くんだよ」

「はあ」

「だから俺は氷入りでホットにって言ってやったんだ」

空色はもう慣れっこだったが、やっぱり聞かなければよかったと思った。

空色は肩で息をついた。

「太い針金と細い針金を使い分けろ」

それだけ言うと、津久田先生はどこかへ行ってしまった。

空色は悩むのを一旦止めて、太い針金を買いに、また渋谷の東急ハンズに向かった。

学校のある下北沢駅は、渋谷の東急ハンズへも京王井の頭線で一本だし、新宿の世界堂までも小田急線で一本で、画材や素材を買いに行くのは非常に楽なロケーションだった。こういうところでも東京であることのアドバンテージは大きかった。

学校に戻ると、美棟の階段に稲妻先輩が座っていた。

「やることが決まったらしいな」

「はい。間に合うかどうかわかんないですけど」

「間に合うかどうかじゃねえ。創ることが大事なんだ」

「はあ」

「だけど、間に合わなかったら意味ないからな」

どっちなんだ！　と、空色は心の中で突っ込んだ。

稲妻先輩の今日のTシャツは無地のラベンダー色だった。それを見てマイ・ラベンダー・ドリームが脳内で再生され、吹き出しそうになって危なかった。

一応心配してくれてるんだろうな、と空色はちょっと稲妻先輩に感動した。

稲妻先輩の言うように、創ることが大事なのもわかる。でも、誰もが見て、美しいと感じる作品に仕上げたかった。普通科や音楽科の奴らにもわかるくらい。

今のまま作り続けてそれが実現できるのか、自分が信じられない。

でも今更後戻りはできない。このままやるしかないこともわかっている。

それでも不安で不安で仕方がなかった。

◆

学園祭まであと十四日の女子芸の小さな絵画室。

遮光カーテンを閉め、天井の照明だけで照らされた室内は、強い熱気に満ちていた。

モデルの息づかいが聴こえるくらいの静寂。

室温のせいか、モデルの首筋には汗が伝っていた。

そこには体温や汗といったものだけではなく、情念そのものが空間に溢れていた。

女子であることの情念、高校生であることの情念、絵描き《アーティスト》としての情念。

口には決して出さないが、お互いが仲間であり敵でもあった。


美紀はとにかく早く帰りたかった。

今日はアウディの大学生とメルセデスの社会人とどちらに迎えに来させるかを考えていた。

そのためにはどうすれば速く描けるか、そればかり考えていた。

強い補色を影に入れればそれだけで簡単に効果的になる。

派手な色彩でバックを描けば簡単に目立つ。

しかしそうはしない。あくまでモデルを最大限魅力的に描くことが目的だから。

そして決めるところはしっかり決める。

肌のエッジ、瞳や唇の質感、髪の艶。

手を抜くことなく、それらの決めどころを押さえれば、楽勝で勝てる。

静香の古臭い鈍重な絵が嫌いだ。

美紀は持って生まれたセンスで、他者を圧倒していた。

色使いと大胆な構図。

手を抜いているようでいて、決して手抜きではない。

美紀は絵の見せどころを熟知していた。

自分自身の見せ方のように。


桃子は空色にアートの才能など、微塵もないと思っていた。

野球部に絵なんか描けるわけない。

だから負けるはずがない。ただ自分が良い絵を描けばいいだけだと思った。

良い絵を描いて一樹に見せたい。一樹に褒めてもらいたい。

そうすれば一樹はほかの女の子になんか振り向かなくなる。自分の価値を認めさせれば、浮気なんかしなくなる。一樹は自分だけのもの。

バカで補欠のハダカなんか見たくもないが、絶対自分のハダカを見せるつもりもない。

桃子はただ一樹に認められたかった。


亜美は男子に負けるのが本気で嫌だった。

しかしそれ以上に静香から、仲間内で一番下手だと思われていることが気に入らなかった。

自分の作品を観る時の静香の冷たい目が許せない。多少の経験の差は認めるが、自分の才能そのものは信じて疑わなかった。

描き込めば必ず自分の実力が出せる。低く見られるのは嫌だ。

亜美はこの一枚でみんなや担任に自分の実力を認めさせたかった。

勿論、亀高の男子になど負けるはずがない。

一筆でも多く手を動かす。一色でも多くキャンバスに載せる。

とにかく手数をかける。

静香に勝ちたい。グループで一番だと認めさせたい。

中学から女子芸だからって、でかい顔をするな。

実力で抜いてやる。

亜美は静香の負けた顔が見たかった。


恵里奈にとって本当は絵などどうでもよかった。

手を止めたい。描き続けるのが苦しい。逃げ出したい。

大作はそれだけでも苦しいが、連作はプレッシャーが何倍にも増加する。

しかしこの勝負にはどうしても勝ちたかった。

バスロマン様の素敵なおヌードが見られるのね。パンツもちゃんと脱ぐのかしら、全てを私に委ねるのかしら、泊まりなら両親を騙さないといけない。やっぱり初めての夜はバスロマン様の軽井沢の別荘かしら、上野藝大生との行為は隠さないといけない。と、恵里奈はそんなことばかり考えながら描いていた。

そのためには確実に勝たないといけない。

必ず勝つ。

だから好きでもない絵でも泣きながら描いた。

静香はカーマインをチューブからたっぷりとパレットに出すと、テレピンとリンシードを混ぜたオイルを筆にいっぱいに付け、絵の具を混ぜた。

本当は勝ち負けじゃない。いつもの自分が出せるかどうか。

桃子たちと違って私は中学から女子芸に入っている純血種、つまりエリートなんだから、誰よりも覚悟が違う。小学生から油画を描き続けているこれまでの人生を否定されたくない。

この日本に自分より油画が上手い高校一年生なんていない。

亀高なんて才能ないヤツらに負けるはずがない、と静香は誰よりもそう強く思っていた。それよりも亜美や恵里奈がレベルの低い絵で足を引っ張るのが我慢できなかった。

二百号のキャンバスは広く大きく、身体全体を使わないと描ききれない。

常に下がって全体を見る。そして細部に手を入れる繰り返し。

どんなに傲慢になっても、全体を俯瞰する客観性は必要不可欠だ。

フォルム、色、光、それらが渾然一体となってキャンバスに宿る。

それを自分の手で実体化させるのは、快感でもあり、苦痛でもあった。

それだけが静香が自分を表現する唯一の方法だから。

絵画は狩猟の情報伝達手段として洞窟に描かれたのが起源だと本で読んだことがある。もしくは誰かが単なる遊びで、手形を洞窟に残しただけかもしれないらしい。

いずれにせよ、誰かが心の底から絵を描きたいという原始的な衝動で残したのが始まりだったのだろう。その衝動は現代の静香にも強烈に残っている。


想いを残したい。

誰かに伝えたい。

それは人類始まって以来の欲求なのかもしれない。

しかしそれは静香自身の欲求そのものだった。

人々に自分を認めさせたい。静香は誰よりもそのことを常に考えていた。

4

学園祭まであと十一日。

空色はまだ迷っていた。

『作ってるものが本当にやりたいことなのかどうかわからない』

いつもの母親宛のメモにそう書いて冷蔵庫に貼っておいた。すると翌朝返事があった。

『好きにやればいいじゃない。お父さんもそうしてるよ』

それを読んで空色は少しがっかりした。

父親は家族も何もかもを置いてデンマークに行ってしまった。

好きにするというのは、そういう我儘な振る舞いのことではないのか。

『母さんにはアートはわからないんだよ。好きなことをやればいいってもんじゃない。あんな自分勝手な親父と一緒にしないでよ』

『言い訳するより、好きなことをやりなさい。そうしたら周りのことなんて気にならなくなるから』

そうだろうか。周りのことを気にしすぎていたのだろうか。でも誰かに認めてもらわなくては、作品を創る意味がなくなってしまう気がする。

『みんなに美しいと思ってほしいことは悪いこと？』

こんなこと母親に聞くのはおかしいかな、と空色は思った。しかし誰かに答えて欲しかった。

翌朝の返事はひとことだった。

『好きなことをやりなさい』

きっと母親は、父親に対してもそう思っているんだろうな、と空色は想像した。だから家族を何年もほったらかしでも許しているのだろう。

好きなことをするというのは、そんなに重要なことなのだろうか。

夜、『ベストヒットＵＳＡ』を観ていたら、桃子から電話があった。

こんなことは初めてだ。

「どうしたの？」

訊いても返事がない。

「制作……頑張ってる？」

やはり返事はない。微かに泣く声が聞こえる。大体理由はわかるけど。でもそのことには触れないでおく。

「どうしたのか知らないけど、やりたいことをやりなよ。そうすれば嫌なことなんか忘れられるよ」

母親の受け売りだった。

やっぱり返事はないけど、こちらの話は聞いているようだ。

「俺は吉田に何にもできないからさ」

一呼吸おいて、大きく息を吐く声が聞こえた。

「うん。じゃあね」

そう言って電話は切れた。

少し前だったら、今すぐ桃子の家まで駆けつけただろうな、と空色は思った。

でも今はそれはできない。

自分だってやりたいことはまだはっきりしない。でも今は桃子に優しくできない。勝負のためなんかじゃなく、別の会いたい誰かのために。

キッチンの窓から夜空を見ると、半月がぶら下がっていた。

海月《くらげ》みたいだな、と思った。

学園祭まであと五日。


奏はボーカルトレーニングの後、音楽プロデューサーの車に乗せられていた。

送ってくれるのかと思ったら、勝手にドライブされて、横浜まで連れてこられた。

その間中、ずっと手を握られていた。

男は四十を過ぎていて、怪しい薬まで飲んでいるという噂があった。

「奏ちゃんの夢を僕が叶えてあげるから」

という甘い言葉をかけながら、奏の手と髪を撫でまわすその男に、奏は心底気分が悪かった。

それが事務所公認ということもわかっていた。その男と関係が良くなれば、レコード会社とのつながりが良くなるからだ。そうすればレコードの販売枚数が伸びる。要は金のためだ。そのくらい高校生の奏にもわかる。

「だからいいだろう」

広い国道のどこかで車を止め、当然のように男は奏の身体を求めてきた。手が奏の短いスカートの裾に伸びる。

「あたしとヤりたいの？　あたしまだ十五だよ？」

「もう経験あるだろ」

事実がどうかなんて関係ない。男がそういう目でしか見ていないことと、事務所が金で自分を売ったことに奏は吐きそうになった。

「バカじゃねえの」

奏は助手席のドアを開けて外に出ようとした。

男は舌打ちしながら奏の腕を掴んで、低い声で恫喝した。

「いいのか。断ればお前の夢が壊れるんだぞ」

「身体を売らなくたって、自分でなんとかする」

「子供だな」

「その子供を抱こうとするクズがあんたでしょ」

奏は男の腕を振り払って車を降りた。

どこかの国道の真ん中で、あてもなく歩き始めた。涙が流れたが気にしなかった。

苦しくても奏はいちご倶楽部を続けようと思った。どうしても夢を叶えたかったから。

それまで絶対に大人には負けない。

ぶつけるあてのない感情から逃れることができず、奏は泣いたまま歩き続けた。

オレンジ色のナトリウムランプが、海月みたいに見えた。

一つだけ大きなものがある。

涙を拭いてよく見てみると、半月だった。

海月のお母さんみたいだな、と奏は思った。

5

九十体を超えたところで、空色の手が止まった。

「空色、真面目にやれ」

アースは本気で怒っている。

しばらく迷ったあと、空色は彫刻室を出た。アースが睨んでいたのは知っていた。

本校舎の屋上に行ってみたが、奏はいない。

今日は新宿のビルも東京タワーもぐにゃりと曲がって見える。

なんとか制作を続けているけど、本当にこれでいいのだろうか、ただ人を集めることが芸術なのだろうかと、錆びたフェンスに掴まりながら、また悩み始めてしまった。

結局、母親の言葉だけでは解決していない。やりたいことをやれ、と言われたが、やっぱりこれがやりたいことなのかどうかがわからない。

桃子たちとの勝負のために作り始めたが、アートに勝ち負けなんて意味があるのか。

じゃあ、なんのために創るのか。

大体なんで自分がアートを創っているのかわからない。興味なんてなかったはずなのに。

考えがぐるぐる回ってしまい、空色はどうしても作業に戻ることができなかった。

鯨のような飛行船が東京タワーの上空に、ふうわりと無表情に浮かんでいた。

それを眺めていたら、奏が煙草を吸いながらブラブラ近寄ってきた。

「んちゃ」

「最近いなかったな」

空色は奏を見ずに飛行船を見ながら訊いた。

「忙しかったっちゃ」

二人は別々の理由で悩んでいたが、お互いにその話をすることはなかった。

「あーあ」

奏は大きなため息をつきながら屋上のアスファルトに大の字に寝そべった。

「バカ、パンツ見えてるよ」

空色は目をそらした。普段だったらめちゃくちゃ嬉しいはずが、ここまで堂々とされると、逆に見られなくなる。

奏は何も言わないで、寝そべって煙草を吸っている。

仕方なく空色も隣に寝そべってみた。広い屋上に、大の字が二つ。

ゴツゴツしたアスファルトと青い空に挟まれて、深呼吸してみた。

きっと奏は何かあったんだな、と空色は感じ取った。でも空色からは訊かない。
しばらくすると奏は煙草を棄て、寝そべったまま空色に訊いてきた。
「空色は好きなことやってんの？」
ドキッとした。一番悩んでいることをピンポイントで訊かれたからだ。
「どうかなあ。奏は？」
空色も訊いてみる。
「やってないっちゃ」
奏はアイドルの仕事をクソだと言っていた。それなのに逃げたりしてない。
仕事になると違うのかな、と空色は不思議に思った。
じゃあ、みんな仕事ってどうやって決めるのだろうか。
大学出て、就職活動して、受かった会社に入って、それで？
それで人生はどうなるんだ？
みんな好きなことやって生きているのか？
好きじゃないことを仕事にしている人だっているはずだ。
だったらそういう人の人生は無意味なのか？
生きることに意味はあるのか？

生きるってなんなんだ。

小さめの雲が一つ視界に流れてきた。それを追っていたら奏と目が合った。

なんだよ、そのいなくなった猫みたいな目は。

奏のくちびるがゆっくり開く。

「空色」

奏は真剣な顔で空色の名を呼んだ。

「ん？」

「学校サボろう」

「んあ？」

奏はそう言っていきなり立ち上がり、スカートを叩いて、空色の手をとって立たせた。何度目でも、手をつなぐとドキドキする。

「俺、やることあるんだけど」

「サボってんじゃん」

確かに。

「じゃあ、鞄とってくる」

「鞄なんていいよ」

「だって小銭しか持ってないし、定期もない」

「あたし財布持ってるからいいよ」

二人は屋上を後にして、教師に見つからないように靴を取り替えて学校の正門を出て、下北沢の駅へ向かった。古着屋シカゴを通り過ぎ、ピュアロードから南口商店街を通り、手をつないだまま駅へと走る。

違う歩幅、いつもの商店街、どこかから聴こえてくるU2。

こんなことになるなんて、入学式の日の屋上での出会いがずいぶん昔みたいだ。

下北沢駅の南口改札まで来たら、奏の足が止まった。

「あれ?」

「どしたん?」

「財布と間違えて生徒手帳持ってきちゃった」

「マジかよ」

「まいっちんぐ」

空色はポケットを探った。購買部でパンを買おうと思っていた千円札が一枚入っていただけだった。

「これしかない」

「いいよ、それで」

結局そのまま二人で切符を買って渋谷まで井の頭線に乗った。

井の頭線の床は木製で、乗るたびにその古さが好きだな、と空色は思っていた。

「原宿行こっか。クレープ食べたい」

つり革に掴まりながら、奏が目的地を決めた。

空色は、らしくないことを奏が言ったので驚いたが、まあ、女の子ってそんなもんかな、と思い直した。

二人は渋谷で国鉄山手線に乗り換え、古い駅舎の原宿駅で降りて竹下通りを歩いた。

「先にメロディハウス行こう」

空色はいつも行く店に奏を連れていこうと、奏の手を引っ張った。

メロディハウスは竹下通りにある輸入レコードの専門店だ。

「UKの12インチとか結構マイナーなの置いてあるんだよ」

通ぶったことを空色は言ったが、お金がないのでいつもただ覗いているだけだった。

空色は奏のことを放っておいて自分の世界に入り、真剣にレコードを探し始めた。放って置かれた奏は呆れているように見えたが、そんなに嫌そうでもなかった。

いくら見ていても結局買えないので、二人は店を出ることにした。

「南青山のパイドパイパーハウスの方が、ＡＯＲやフュージョンがいっぱいあるんだよ」

それを聞いて奏は笑った。空色は笑われている意味がわからなかったが、必死にレコード店の説明を続けた。奏はずっと笑ったままだった。

平日の午前中でも、竹下通りはそれなりに人は大勢いた。

「あれ」

空色は何かを指差した。奏はその指の方向を見た。アイドルの写真店だった。

「あれ、奏でしょ」

店頭に何十枚もいちご倶楽部の生写真があり、最も目立つところに、奏が踊っている写真やスタジオ撮りしている写真が並んでいた。どれも今ここにいる奏とは別人に見える。

「見るな！」

奏が空色の指を掴んで引っ張った。

「みなさーん、ここに嘘つきがいまーす」

空色は歩いている人に向かって話しかけ、奏を指差した。

「バカ！」

奏が空色の背中を押してきて、二人は写真店から逃げ出した。何人かが振り向いたが、いちご倶楽部の奏だとは誰も気がつかなかった。空色はげらげら笑って奏に引っ張られた。

「バレたらどうすんだ！」

奏は本気で怒っているようだった。その顔がおかしくて、空色はまた笑った。

竹下通りの真ん中まで歩いたところで電車内で話していたように、奏がクレープを食べようと言い出した。

「いいけど、一人分しか買えないよ」

「半分こすればいいじゃん」

空色は『ブルーベリーハウス』でストロベリーのクレープを買った。奏に気をつかって、いちご倶楽部に合わせたつもりだった。

しかし奏はほんの一口しか食べず、本当にクレープが好きだったのかどうか、空色は不思議に思った。

空色は女の子と食べ物を分けあったことなどないので少しだけ躊躇したが、緊張しながら食べてみた。これはもしかして間接キスというものではないのだろうかと気づき、味なんてわからなくなった。

竹下通りで女の子とクレープか、と空色はそのベタな展開に自分が置かれたことに驚き、いつの間にか悩みを忘れていた。想像していた高校生っぽいことを初めてした。

クレープを食べ終えると、ほとんど現金がなくなった。それでも二人は時間を持て余すことはなかった。

「山手線乗ろう」

「山手線？」

空色は初乗り運賃の切符を二枚買って、一枚を奏に渡して原宿駅に入った。ホームに立って、内回りか外回りか、先に電車が来た方に乗ることにした。

二分ほど待つと外回りが先に来た。乗り込むと車内は人が多くて座れなかったが、池袋で大勢降りたので、連結部の横の席に並んで座った。

二人はずっと手をつないでいた。

そしてぼんやり二人で外の景色を眺めた。

つまらない景色だったが、これが東京だった。

山も海もない。

ビルとビルの間にある、小さな川を時々通り過ぎるだけ。

そんな景色を見ながら二人で手をつないでいると、切なくなってきた。

楽しいはずなのに、なぜ切ないのだろう、と空色は胸の痛みを感じた。

たたん、たたん、と電車はリズムをとる。

人が乗り、人が降りる。

環状の山手線は永遠に東京をループする。

擦り切れた椅子、床の汚れ、窓から射し込む日差し。

一人より、二人の方が切ない。

あの腕を動かし続けた一秒と同じように、この一秒も消えてしまうんだ。

だから切ないんだ。

上野でまた大勢降りて、大勢乗ってくる。桃子たちと邂逅《かいこう》した上野。

新橋からは新幹線と並行する。近づいて、また遠ざかってゆく。

「あたしさ」

奏が小さい声で沈黙を破った。

「本当はアイドルなんかやりたくなくて、バンドやりたいんだよね。女の子だけのロックバンド」

空色は少し驚いた。奏が自分の気持ちを素直に言うなんて。

「ランナウェイズみたいなの。知ってる?」

「『アイ・ラブ・ロックンロール』のジョーン・ジェットのいたバンドだろ」

受験した朝に聴いたあの曲。

「そう。あれがやりたい」

サディスティック・ミカ・バンドやシーナ&ザ・ロケッツ、ZELDAなど、女の子ボーカルのバンドはあるが、確かに全員女の子のバンドは日本にはまだなかった。

「空色も洋楽しか聴かないんでしょ」

「うん。邦楽はYMOしか聴かない」

「そうなん」

「だ、誰ー？　ここは警察じゃないよー？」

空色がスネークマン・ショーの真似をすると奏が笑う。手をつないだまま笑う。なんだよこの幸せ。

一周回って原宿を過ぎた。

「もしかして、煙草吸ってるのは、喉を潰すため？」

「うん」

なるほど。空色は初めて奏のことを理解できた気がした。ただのヤンキーじゃなかったんだ。

アイドルが嫌な理由も初めてわかった。奏はやりたいことが明確だ。

「俺はさあ……」

自分のことを言い出そうとしたら、肩に重みがかかった。

奏が空色の肩にもたれていつの間にか眠っていた。

寝てんのかよ、と思ったが、そのままにしておいた。肩の重みが心地いい。

俺はやりたいことがわからないんだよ、と空色は心の中で奏に話した。

人が降りて、また乗ってくる。

起こさないようにそっと手を優しく握りしめる。

また原宿駅が過ぎて三周目になる。

時々、奏が空色の手のひらを無意識に握り返す。

髪の匂い、開いた襟元、短いスカートから伸びた脚。

これ以上美しいものなんか創り出せないな、と思う。

でも、奏に自分たちの創った作品を見せたい。

空色は初めて誰かのために制作したいと思った。

奏のために。

……って、おい。

いつまで寝てるんだ。

奏の上着のポケットから、生徒手帳を出す。奏をそっと窓にもたれさせて手を離し、空色は席を立った。

反対側に座っていた知らない女子高生に声をかける。

「ごめん、鉛筆貸して」

変な顔されたが、シャーペンを借りて奏の向かい側の席に座る。

奏は眠ったままだった。

6

あと三日。

空色以外の四人はひたすら作品創りに励んでいた。ダイソンですら真面目にやっていた。

「空色、いつまでサボってんだ！」

アースが本気で怒鳴ったが、空色には届かなかった。

奏に見せるために創る。そう決めたはずだったけど、本当にそれでいいのだろうか。それが自分がやりたいことなのだろうか。

母さんに好きなことをやれって言われたけど、これを見に来るお客さんたちのことは考えなくてもいいのだろうか。お客さんが喜ぶものを見せなければいけないのではないか。

やっぱりいくら考えてもわからない。

そこにふらっと津久田先生が通りかかった。

「空色」

「はい」

「俺は切ってないぞ」

「何を？」

「男のけじめだよ」

「先生、これアートに見えますか」

津久田先生の発言を無視して、空色は創りかけの作品を指差した。

「知らないよ。誰かがアートじゃないって言えば、お前はやめるのか？　アートかどうか決めるのは自分なんだよ」

空色は津久田先生を見た。先生はいつもの真顔だった。

「俺、美術の才能ないかも」

先生は顎を上げて、廊下に座ったままの空色を見下ろした。

眉間に皺を寄せ、心なしか怒っているように見えた。

何か怒らせるようなことを言ったっけ、と空色は驚いた。

「たかがビジツカに入っただけで才能あるとかないとか偉そうに。お前、自分がアーティストだとか思ってるんじゃないだろうな」

空色は黙って聴いていた。

「お前らの創ったものに価値なんかないんだ。どれだけ沢山鉛筆を削ったかを、その削りカスをそのまま人に見せろ。お前の価値はその削りカスだ。お前はカスなんだよ」

カキーンとセンターバックスクリーンに球が当たった音が聞こえた。

価値ないんだ……。こんなに一生懸命やっていたのに。

そりゃそうか。俺たちただの高校一年生だもんな。

なんか悩んでたのがアホらしくなってきた。

「今日はオクラが九十八円でな」

そう言い残して津久田先生は去っていった。

先生、わかったよ。

才能があるかどうかなんて、どうでもいいことなんだ。

創る意味なんて考えない。ただ作品を完成させればいいんだ。

才能って、絵の上手さじゃない。描き続ける意志の強さなんだ。

描き続けていれば、いつか自分が自然に出てくるんだろう。

きっとそれがオリジナリティってことなのかも。

それを誰かが見た時に、美しいと思うかどうかってだけで、それは俺が気にすることじゃないんだ。見た人が決めればいい。

人に美しいと思って欲しいと思った瞬間に、それはアートじゃなくなるんだ。

アートって自分勝手でいいってことでしょ、先生。

それが誰かの記憶に残った時に、初めてそれを人は才能と呼ぶんだろう。

やりたいことをやれ、という母さんの言葉は、そういうことだったんだ。

空色はラジカセで『ドゥー・ユー・ビリーヴ・イン・ラブ』を大音量でかけながら、ようやく手を動かし始めた。アースがそれを見て、少しだけ口の端を上げていた。

あと一日。

あと二十体。

五人はもうひとことも話さず作品を創り続けた。

汗と埃で作業着はどろどろだった。

食料と材料の針金を大量に買い込んで、また学校に泊まり込むことにした。地下の彫刻室に、窓と扉にアルミホイルで警備員対策をして籠った。

夜中の二時半を過ぎた頃、ダイソンが逃げた。

トイレに行ったまま帰って来なかった。

バスロマンは放っておこうと言ったが、怒ったアースがやはり全員で捜しに行こうと言い出した。

すでに電車は止まっているので、駅前にまだいるだろうとアースが言った。

そしてダイソンは簡単に見つかった。コンビニで『ポパイ』を立ち読みしていた。高校生が真夜中過ぎに入れる店なんて限りがある。

「戻れ」

アースが相当怒っていた。

「もういいじゃん。ちょっと少なくても問題ないよ」

ダイソンは完全にやる気を失っていたようだった。

「決めたんだから、最後までやろうよ」

空色は優しく説得しようとしたが、本心ではもうだめだろうと思っていた。

「四人でもできるでしょ。俺はもういいよ」

ダイソンは『ポパイ』から目を離さずにそう言った。

「お前、いっつもそんなんだからバスケでもレギュラー取れなかったんだろ！　ちゃんと最後までやれよ！」

アースがダイソンの胸ぐらを掴んだ。ダイソンから笑いが消えた。

「お前にそんなこと言う資格があるのかよ」

「なんだと」

「お前だってヘタクソだからサッカーから逃げてここへ来たんだろうが。あ？」

「うるせえ！」

アースがダイソンの顔をグーで殴った。

「この……」

ダイソンが殴り返そうとした時、ビスコがダイソンの全身を抱きかかえた。

「も、もう止めよう」

ビスコは必死な顔をしていた。

「一緒にやろうよ。俺、い、一緒にやりたいんだ」

「俺は抜けるよ。みんなで頑張ればいいじゃん」

ダイソンは他人事のようにそっぽを向いて言い放った。それを聞いてアースが余計怒った。

「お前、まだわかんねえのか！」

「だ、ダイソンも一緒じゃなきゃだめだ」

ビスコはまた泣いていた。いつもビスコの涙を見ると、誰も何も言えなくなる。

「お、俺、みんなが好きなんだ。五人でやりたいんだ」

ビスコの言葉に反論できる者はいなかった。

「ご、ご、五人じゃなきゃ、だめなんだ」

全員から言葉が消えた。ビスコの泣く声だけが店内に響いた。

ダイソンは殴り返すのを諦めて髪を整えた。

「学園祭が終わったら、俺は通信教育でボールペン習字習うぜ」

ダイソンは殴り返す代わりに、目を合わせずにいつもの調子に戻った。

ビスコは涙と鼻水を拭きながらダイソンから手を離した。

学校へ戻る道では誰も何も言わなかった。

途中からアースはダイソンの肩を抱いて歩いた。ダイソンが照れながらもそのままにしていたのを、後ろからビスコとバスロマンが嬉しそうに見ていた。

屋上には既に百二十五の作品が並んでいる。

あと十体。

美棟の彫刻室に戻ると、入り口に小さめのカラフルでファンシーな座布団が五個積まれて置いてあった。

「なにこれ？」

座布団の上に、一枚の手紙があった。

『ケツが痛いだろう、これを使え。俺の手作りだ。トオル』

稲妻先輩からの手紙にそう書かれていた。

「おい、これ、稲妻先輩からだぞ」

「マジか。優しいな」

「手作りって、あの人が？」

「裁縫とか乙女だな」

「ていうか、もっと早く欲しかったよね」

バスロマンの言葉に、皆、うん、と頷いた。

真夜中の三時半を超えて針金を切る音だけが彫刻室に響いた。


女子芸の五人も学校に泊まり込み、連作を描き続けた。

顔にも絵の具がついたまま、髪も雑に縛ったまま、やはりひとことも話さずひたすら描き続けていた。

モデルの亜美は長時間立ち続けているために、貧血で気を失いかけた。

「亜美、倒れるなら出てって」

「いや。まだやる」

亜美は、ふらふらになりつつもポーズをとり続けていた。

流れる涙を拭くこともできず、嗚咽を漏らしながら、亜美はくちびるを噛みしめている。

しかしそれでも誰も容赦なく筆は止めなかった。

皆、もう女同士の確執も勝負もどうでもよくなり、とにかく細部まで描き込み続けた。

二百号のキャンバスに零号の面相筆を使って細部を描く。

それはまるで野球のグラウンドを箒一本で掃き続けるようなものだ。

『神は細部に宿る』

建築家のミース・ファン・デル・ローエの言葉だ。

どれだけ全体をスキャンダラスに描こうとも、絵の命は細部にある。

瞳、唇、髪、肌。皮膚の下の血管や骨まで描く。

恵里奈は辛くて逃げ出したが、泣きながら自分から戻ってきた。

どれだけ辛くても一人だけ完成させないわけにはいかない。

五人全員が完成させなければ意味がない。

五人の作風はバラバラだが、全体で一つにならなければテーマを完成させられない。

それが連作だ。

腕がだるい。眠い。お腹も減った。休みたいけど、誰も自分からは言い出さない。

桃子も恵里奈も泣きながら腕を動かし続けた。

「亜美、動くな」

静香は容赦なく亜美に命令した。足を引っ張る亜美に、静香はイライラしていた。

それでも亜美も泣きながら歯を食いしばってポーズを続けた。

もう一人のモデルの美紀は涙を見せることなく、燃えるような強い眼差しで虚空を睨みつけて立ち続けた。

朝までに作品を完成させなければ、負けたことになる。

筆がキャンバスを走る音だけが閉じられた部屋に響いていた。


高校生は、汚く、切ない。

汗も涙も埃まみれも傷あとも、絵の具まみれさえも誰にも咎《とが》められない。

みっともない姿ほど、大人から見れば美しい。

吐き出す想いは、ゴミのように無価値だが美しい。

そして独りよがりの強い自惚《うぬぼ》れは、大人から見れば切ない。

他人への執着、嫉妬、見下しなど自分の醜さに気づかない姿は切ない。
未来などない。ただ、汚れた今があるだけ。
それほどまでに、永遠に、
高校生は、汚く、切ない。

7

一九八二年十月十日。

朝六時、空色たちは完成した作品を美棟の屋上から地上に下ろした。

そして五階建ての本校舎の扉が開いたのと同時に作品を運び込んだ。

百三十体を超えているので、展示するのに一時間半かかった。

校内は朝から学園祭の準備で慌ただしく、さまざまな展示や屋台や看板と生徒で溢れ返っていた。

五人は作品の展示が終わると、前もって準備していたA3のポスター百枚を、校内の至るところに貼り出した。

『午後一時、アート作品「ループ」パフォーマンス開催』

そのポスターには空色たちの作品の案内が記されていた。

空色たちは展示と張り紙が終わったあと、美棟の彫刻室の床の上で稲妻先輩からもらった座布団を枕にして眠り込んでしまった。

間に合った。

もうそれだけで満足して、勝負など忘れていた。


誰かの腕時計のアラームが鳴った。十二時だった。

美棟の展示にも人が多くなり、廊下はざわついていた。

「起きようよ」

バスロマンに促され、眠くてぼーっとしていた空色たちは渋々起き上がった。

冷たい床の上で寝ていたので、身体がみしみし鳴る。

「行こうぜ」

アースがそう言うと、五人は重い腰を上げて彫刻室を出た。

空色はこれからやらなければいけないことをようやく実感して怖くなってきた。

アース、ダイソン、バスロマン、ビスコの四人は、校内中を回ってビラを撒きながら、大声で観客を集め回った。

「一時にアートパフォーマンスをやります！　先に展示を観て、校舎の裏口に集まってくださ
い！」

アースとバスロマンが大声で必死に宣伝した。ダイソンは声を出すのを嫌がったが、客を集めなくては女子高生のハダカが見られないので、フライヤー配りだけは張り切ってくれた。ビスコは人に作品を観てもらえるのが嬉しいらしく、ワクワクしながら校内中でフライヤーを配っていた。

そうしているうちに、すぐに午後一時になった。

他校の来客たちに交じって、桃子たち女子芸の五人も亀高に来た。

初日は女子芸たちが亀高の展示を見て、二日目は空色たちが女子芸の展示を観に行く約束だった。

本校舎の裏口に数体の立体作品が展示され、その横の地面に白いスプレーで『Ｌｏｏｐ』と書かれていた。

その立体作品は、制服を着た歩く人物を等身大で空中に、鉛筆で素描したかのように、すべて針金で創られていた。

その歩く人物の針金彫刻が、歩いている姿のコマ送りのように一歩ずつ、等間隔に並べられていた。

そしてその針金彫刻は本校舎の階段を一段ずつ上り五階まで並べられ、そのまま屋上まで歩みは続いていた。

総数百三十五体。

彫刻は屋上にのぼり、その歩みは校舎の端のフェンスまで続いている。

そして針金彫刻の列の先に、
空色が立っていた。


スポバカ四人は派手に騒ぎ、徐々に人だかりができてきた。

女子芸の五人は屋上まで展示を一通り観て、最後の空色のパフォーマンスを校舎の下で待った。

「針金、意外と面白いかも」

亜美が珍しく亀高チームを褒めた。

「うん。綺麗だし、数が多いから迫力ある」

美紀も素直に空色たちの作品を認めた。

「でも、最後のパフォーマンス次第でしょ」

静香だけは亀高チームの出来を信じていないようだった。

人だかりはどんどん大きくなり、やがて二百人以上が集まった。

ビジツカより、他校の生徒や普通科、音楽科の生徒が圧倒的に多かった。

津久田先生もこっそり来ていた。

空色は怖かった。

屋上から地上までは一体何メートルあるんだろう。下にいるギャラリーたちは指先よりも小さく見える。

しかし、自分が言い出したのだから、やらなければならない。

桃子たちも観に来ている。

もうアートとか勝負とか人生の意味などは頭になかった。

空色は針金彫刻に合わせて制服に着替え、フェンスに掴まったまま震えていた。

この恐ろしいパフォーマンスをやるのは俺しかいない。

やり始めたことを自分自身で最後までやり切らなくては。

怖くて目をぎゅっと閉じていたが、そろそろと目を開けて下を見た。大勢の人がこっちを見ている。

意を決して空色はフェンスを乗り越えた。

「ビジツカ、鈴木空色、やります！」

屋上の校舎の縁《へり》で、下にいるギャラリーに向かって叫んだ。しかしあまりの高さに、声は下まで届かない。

屋上にいる空色を見つけたギャラリーは大騒ぎだった。

その中にいた桃子は息を飲んだ。

空色は恐怖でまた目を閉じてしまった。

下を見ると脚が震える。手のひらの汗も止まらない。

怖くて怖くて逃げ出したい。

アース、ダイソン、バスロマン、ビスコの四人は空色コールを始めた。

やがてギャラリー全員が屋上の空色に向けてコールを始めた。

徐々にコールは拡がり、学校中が空色コールに染まった。

そらいろ・そらいろ・そらいろ・そらいろ。

もう、逃げられない。

空色は右手を挙げ、作品のタイトルをありったけの声で叫んだ。


「ループします！」

空色は跳んだ。

屋上のフェンスから地上目がけて。

桃子が悲鳴をあげた。群衆も大声で叫んだ。

夜のプールでバスロマンが見せたような美しいフォルムで、五階建ての本校舎の屋上から地上めがけてのダイブ。

声を上げる者、目を覆う者、腕を振り上げる者。

全員の目に空中をダイブする空色が焼きついた。

空色には一瞬のことのようだったが、永遠にも思える長さだった。

空色はループして作品を完成するために跳んだ。

母親にやりたいことをやれと言われたことをするために。

奏のために、自分のために。

そして空色は高く積み上げた段ボールの箱の山に、「うわあああ」という悲鳴をあげながら落ちた。

ドドドッという派手な音とともに、段ボールの山が崩れた。

誰もが声を失った。

崩れた段ボールの山で、空色の姿は見えない。

音も動きも何もかもが止まった。

何十秒かが経過し、出て来ない空色に誰もが最悪の事態を想定した。

「空色君！」

桃子がありったけの声で空色の名を呼んだ。

ガサッと山が崩れ、空色の左手が現れた。

脚を折ったらしく立ち上がれなかったが、這いつくばりながら、歯を食いしばりながら、汚れながら、針金彫刻の残りの作品まで必死に辿り着いた。

残りの作品は、屋上から飛び降りて地面に片膝を突いた姿と、そこから立ち上がって歩き出し、もう一度本校舎の階段へと戻る姿の針金彫刻だった。

「ループしました……」

膝を着いた針金彫刻へ辿り着いた空色は、地面に倒れ、「痛え」と言ったまま動けなくなった。

おおおおお、と歓声が校内に鳴り響いた。

ギャラリーたちは割れんばかりに拍手と声援を送った。

また空色コールが始まった。

そらいろ・そらいろ・そらいろ・そらいろ。

「跳べたよ」

空色から涙が溢れた。自分の考えたことをやり遂げたこと、それを大勢に見てもらったこと、みんなが名前を呼んでくれたことに。

「アースぅ、ダイソン、バスロマン、ビスコぉ。俺、跳べたよぉ」

空色は恥ずかしさなどなく、涙が流れるままにした。

「空色、お前すげえよ、よく跳んだよ、すげえ」

アースもつられて泣き出した。アースはずっと空色を信じていた。

「俺たち目立ったよね、頑張ったよね」

ダイソンまで泣いている。

「空色君のアイデア大成功だよ。本当良かった。本当良かった」

バスロマンも真っ赤な目をして頬に涙が光っていた。

「す、すごい、すごいよ。そ、空色ありがとう。俺、ビ、ビジツカ好きだ」

ビスコは涙と鼻水と涎でぐちゃぐちゃになりながら空色を抱きしめた。

「ビ、ビジツカ好きだぁあ」

スポバカ全員が空色を抱きしめた。そしてみんなで笑いながら泣いた。ぐちゃぐちゃになってかっこ悪かったけど、涙が止まらなかった。

数人の教師が怒って群衆をかき分けてきたが、津久田先生はニヤリと笑って去っていった。

おかちよとタマちゃんも涙を拭いていた。

「目立ってんじゃねーぞ、ちくしょう」

群衆の一番後ろで、体育館にもたれながら稲妻先輩が男泣きしていた。

静香だけは「こんなのアートじゃない」と否定していたが、桃子と亜美と恵里奈は大泣きしていた。

中学の美術部の眼鏡の三人も、呼んでもいないのに来ていて、「空色先輩、かっこいいです！」と泣き叫んでいた。

喧嘩した普通科の奴らまで騒いでいた。

そして群衆に紛れて制服の上からグレーのパーカーのフードを被った女子が一人。

奏だった。

奏も両手を叩いて空色コールをしていた。

そして空色が見たこともないような笑顔だった。

コールはしばらく鳴り止まず、その声援の真ん中にスポバカ、そして空色がいた。

空色は満足していた。

やりたいことをやったよ、母さん。

父さんのやりたいことをやってるってのも、こういうことだろ？

鳴り止まない空色コールに、空色は涙が止まらなかった。

擦り傷と折れた脚と破れた制服で。

汚れた校舎、机に刻んだ名前、黒板の縁に溜まったチョークの粉。

教室の黄色いクレープ屋、同級生を撮った8ミリ映画。

エプロンを着けて走る女子、立て看板を掲げて叫ぶ男子。

手をつないだ他校の生徒、一人きりの一年生、誰もいない実験室。

埃みたいな日常が廊下の隅に積もっている。

大人にはその埃すらもう二度と手に入らない。

いつかその失った誇りに気づいても。


飛び降りた後、空色は病院に行き、結果はヒビで済んだが、また中学の時のようにギプスをつけられた。これもまた一つのループだ。

残った四人は学年主任にこっぴどく怒られた。

しかしこの人だけは違っていた。

「どうせ跳ぶなら五人でやれよ。その方が人が集まるだろ?」

津久田先生は、そう言ってつまらなそうな顔をしていた。

8

学園祭二日目。

空色が登校したら及川が観に来ていて、空色のギプスを見て、またマジックで中学の時のように『ちんこ』と書いた。

「ギャハハハ。お前、ちっとも成長してねーな」

「お前に言われたくねえな」

男子校では彼女はできなかったらしく、及川は男同士で来ていた。

「そう言えば桃子って、一樹とうまくいってないらしいぜ」

「花火大会で手を繋いでたけどな」

「一樹んたま、色んな女とやりまくってるらしいぜ。マジあいつ殺す」

空色は浴衣姿の桃子を思い出した。

一樹とうまくいってればいいのに、と思った。

午後一時。

骨折した空色の代わりに、二日目はジャンケンでビスコが跳ぶことになった。

先生たちはループを阻止しようと屋上の扉に鍵をかけたが、ビスコはするすると四階の窓から屋上へ上がってしまった。先生たちが大声で止めたが、ビスコは全く怖くないようだった。

今度は段ボールの山を倍の高さにした。

初日よりさらに群衆は増え、校舎の裏口は通れないほどだった。

無事にビスコは跳び、また学年主任に呼び出されたが、それを無視して五人は学校を脱出した。

今日は女子芸に行かなければならない。

決戦だ。


丸ノ内線で中野坂上駅まで行くと、人の道ができていて、学校の場所はすぐにわかった。

「なんだよ、この人だかり」

亀高の何倍もの人だかりに、アースが唸《うな》った。

「やっぱ女子校だからじゃん」

ダイソンは髪を撫でてるだけで、特に気にしていないようだった。

骨折した空色のために、五人はゆっくりとしか歩けなかった。

東京女子芸術大学付属高等学校に着くと、入り口から人が溢れていた。

見ると校門のところにＴＶ局らしいカメラクルーまでいる。

「おい、なんなんだよ、あれ」

アースはＴＶカメラを訝しんでいた。

学校全体で学園祭を催しているはずなのに、入り口からすでに桃子たちの展示だけの宣伝で溢れ返っている。パンフレットに書かれた桃子たちの展示の教室まで行くと、人だかりですぐには中に入れなかった。

十分以上待たされてから教室の中に入ると、部屋いっぱいに二百号のキャンバスが五枚並べて展示されていた。

それを見て空色たちは息を飲んだ。

桃子たち五人のヌードが描かれていた。

一糸まとわぬ全裸で等身大に五人が超写実的に、まるで本当に桃子たちのヌードを目の前で見ているように描かれていた。

「これは……」

ダイソンすら目を丸くして言葉を失っていた。

美術誌や情報誌、ＴＶ局の取材もそのスキャンダラスさ目当てに取材に来ていた。その反応は賛否両論だった。

真っ裸の静香、真っ裸の美紀、真っ裸の亜美、真っ裸の恵里奈、そして真っ裸の桃子の姿がそこにはあった。頭の上からつま先まで写真以上に写実的に、生まれたままの五人が描かれていた。

「き、綺麗だな」

ビスコが誰にともなく呟いた。

「こんなのアリかよ……」

アースは口では批判していたが、顔はニヤけていた。

現役女子高生五人のヌード。それも自分たちで描いた作品。そんなことされて目立たないはずがない。

しかも絵、そのものの完成度がめちゃくちゃ高い。これだけ写実的に描けるということは、空色たちよりもデッサンを描き込んでいたのだろう。

これは感動？　それともただの驚き？　焦り？　空色は自分が受けた衝撃がなんだか分からないまま心を強く揺さぶられていた。

十五歳の少女たちのありのままの姿。そこにはいやらしさは微塵もない。

二月の雪より、四月の桜より、八月の青空より、ただ美しかった。

「どうよ」

いつの間にか後ろに静香たちが立っていた。

「あたしたちの圧倒的な勝ちよ。あんたたちのくっだらないパフォーマンスより全然多く人が集まってるわよ」

美紀が腕を組んで勝ち誇った顔で空色たちに言った。

確かに動員数は明らかに負けていた。

作品の質は比べようもないが、数だけはハッキリと勝負がついていた。

完全なる負けだ。

本校舎の屋上から跳んだ時には、絶対に勝ったと思ったのに、と空色は打ちひしがれた。

「もういいじゃない、勝負とか」

バスロマンがヘラヘラしながら誤魔化した。

「また逃げる気？　勝負なんだから約束守れ！」

「謝罪しろ！」

「補償しろ！」

「滅びろ！」

「付き合え！」

最後の恵里奈のひとことでバスロマンが白目になった。

「もう諦めろバスロマン」

アースがバスロマンを説得にかかった。

「付き合えばいいじゃん！　ラッキー！」

ダイソンは事の本質がわかっていないようだった。

本当に大勢の生徒や保護者、近所の子供たちで溢れ返り、一様に作品を観て喫驚《びっくり》していた。

亜美だけが、唇を噛んで並んだ絵の前で泣いているように見えたが、空色たちには理由はわからなかった。

空色は脚を引き摺りながら絵を観ている集団から離れた。

大勢のギャラリーの間を抜けて部屋の反対側の壁に辿り着くと、その壁に誰にも注目されていない小さな絵を発見した。

空色が描かれていた。

空色は驚いてその絵を凝視した。よく見ると絵の空色は中学の制服を着ていた。

あの時の——。

中学校の美術室で受験前日に桃子が描いたクロッキーだった。

「別に意味なんかないからね」

空色のすぐ後ろに桃子が顔を背けて立っていた。

「なんで一樹じゃないの？」

「うるさい」

それだけ言うと桃子は人ごみの中に紛れていった。

9

学園祭が終わって二週間経った頃、空色たちは本当にヌードモデルをやらされた。

まさか本当に全裸にさせられるとは思っていなかったが、女子芸の女子たちは容赦なかった。

教師に見つからないよう、厳重に見張りが立てられた。

女子芸一年のクラス全員が五組に分かれ、五人はそれぞれのモデルとして下着も脱いだ全裸で三時間ポーズをとらされた。

ずっと女のヌードを見たいと思って絵を描き続けていたのに、なぜ自分がヌードになっているのだろうと、空色はその逆転現象におののいた。

しかし終わっても、誰かと仲良くなることもなく、そのまま帰らされた。

「また来てね」

最後に美紀からそう言われて校門を追い出された。二度とやるか。

バスロマンは約束通りその後嫌々ながらも恵里奈と一度会ったらしかった。しかしバスロマンの家が麻布でも田園調布でもないと知った恵里奈はまた「ギエエエエエエ」と叫んで帰ってしまい、それきりらしい。バスロマンは助かったと心底安堵していた。

アースはヌードモデルをした日に桃子に電話番号を訊いたが、教えてくれなかったと肩を落としていた。それでも本気で惚れたらしく、学校の帰りに待ち伏せすると言っていた。気持ち悪いからやめとけ、と注意したが、どうやら本当にやるつもりのようだった。

ダイソンは「俺たちの美しい肉体をまた女子高生たちに見せつけたいよね」と前向きにまた筋トレに勤《いそ》しんでいるらしい。

ビスコは彫刻に目覚めたらしく、木彫を始めたようだった。スポバカたちといるより、一人で制作している時間が長くなっていた。

五人は学園祭後、稲妻先輩に座布団のお礼を言った。

「俺より目立ちやがって」

結局、また空色とビスコは殴られた。

女子芸のモデルをした日、家に帰って空色が窓を開けると、ベランダに一ヶ月半ぶりに猫が帰って来ていた。

猫は空色の顔を見てみゃあおと鳴いた。ちょっと痩せたけど元気そうだ。よく見ると右耳が半分欠けていた。

そうか、そうか、
女の子を探す冒険してきたんだな、男の子だもんな。

いっぱい戦って、いっぱい恋をしてきたんだな。

お前も好きな子を見つけたんだろ?

俺も見つけたよ。

空色は堪らなく愛おしくなって猫を抱き上げた。

猫は目を細め、もう一度みゃあおと鳴いた。空色は無理やり頬をぐりぐり押しつけた。

「おかえり、茶色」

10

一九八二年十月二十九日。

空色は何日かぶりに本校舎の屋上に上がってみた。

学園祭で跳んだ屋上に。

奏と話したあの屋上に。

扉を開くと、フェンスに掴まった奏がいた。

十月末の気温は寒くも暑くもなく気持ちよかった。

そういえば去年のちょうど今頃、亀高を受験しようと決めたんだっけな、と思い出した。

いろいろあったような、結局なにもなかったような。

一番大きな出来事は、ループしたことだろうか。

いや、やっぱり一番は、スポバカたちと出会えたことかな。

あのバカたちと。

「奏」

後ろ姿の奏に向かって声をかけた。

しかしその生徒が振り向くと、奏ではなかった。

「空色君？」

「そうだけど」

「これ、奏から」

そう言ってその女子は手紙を空色に渡して屋上から出て行った。

複雑に折られたピンクの便せんに、小さく「かなで♪」と書かれている。

「空色へ。
ごめん。学校辞めた。
ループかっこ良かったよ。
やりたいことをやろうぜ。
電話待ってる。
〇三 - 三四九 - ××××
バイちゃ。
かなで」

ループ、見てくれていたのか。
奏が学校を辞めたことはあまり驚かない。でも寂しかった。
煙草を吸ってダルそうにしていた奏。
誰よりも普通に話せる奏。
でもいつか奏にも伝わる絵を描くまで電話はしないでおこうと思った。
それまで声を聞かなくても我慢できる。
あの山手線での肩の重みがまだ残っているから。

奏は亀高をあとにした。
これで女子高生も終わりだな、と思いネクタイを解きながら下北沢を歩いた。
沢山並んだ洋服屋、雑貨屋、喫茶店。もう下北沢も来ないだろう。
途中、駅のゴミ箱に捨てようと思って生徒手帳を鞄から出した。
見るともなしに、ぱらぱらとページをめくる。
あれ？
奏の足と息が止まった。
最後のページに、知らない絵が描いてあった。

眠っている奏の絵が鉛筆で描かれていた。
空色のサインがある。
窓にもたれかかって、空色の肩と勘違いして嬉しそうな顔をして寝ている。
こんなに幸せそうな顔ができるんだ、と奏は知らない自分に驚いた。
空色、絵、うまいじゃん。
二人で乗った山手線。
手をずっと握っていてくれた山手線。
空色の無垢な横顔が浮かぶ。
「バーカ。泣かせんなよ」
奏はぽろぽろと涙が止まらなくなった。
高校を辞めた寂しさか、空色に会えない寂しさか、なんだかよくわからない。
どうすんだ、この涙。
引き返して空色に会いたい。
でももう決めたから。
傍《かたわら》を通り過ぎる人の目も気にせず、道の真ん中で、奏は泣き続けた。
やっぱり捨てるのをやめて、生徒手帳を鞄にしまいこんだ。

奏は涙をごしごしと袖で拭きながら駅の南口へ向かった。
さよなら下北沢。

空色は本校舎の屋上で、何度も何度も奏の手紙を読み返していた。
俺が奏に会いたいように、奏は俺に会いたいだろうか。
いや、アートと同じで、俺が会いたいかどうかだけが重要なんだ。
相手の気持ちを考えないってことじゃなく、自分の気持ちを信じられるかどうかだ。
奏は俺が好きだってことを信じるだろうか。
俺はこの気持ちを信じるよ。
ドゥー・ユー・ビリーヴ・イン・ラブ。
ループした日より、新宿のビルがより高くなっているような気がした。
十月の青空、首都高の騒音、誰もいない屋上。
ポケットの練り消し、尖った鉛筆、指についた油絵の具。
絵が好きだ。
描き足りない。
もっともっと描いていたい。

そしていつか自分の絵を見つけたい。

いつか奏に褒めてもらうために。

男の子はいつだって女の子の笑顔を見ていたい。
女の子はすぐ泣くし、わがままでいじわるだけど、
女の子が褒めてくれるなら、いくらだって頑張れる。
手をつないでくれたなら、空だって跳べる。
たとえうまく話せなくても、ちょっと自信をなくしてても、
好きだと言えない自分がかっこ悪くても。
だから、
高校生は、汚く、切ない。

階段の扉が開いて誰かが屋上に上がってきた。

「おい、勝手にここへ入るんじゃねえ」

そいつが怒鳴りながら近づいて来る。

「お前何年のどこのクラスだ」

「ビジツカ！」

ブラッシュ!

発行日　2016年11月25日　第1刷

Author　彼方 出
Book Designer　bookwall
Photographer　高橋　浩
Photoretoucher　TENT 久保千夏
Actor　岡　亮
千葉　新大
森　海哉
福成　海紀
鷲田　詩音
Publication　株式会社ディスカヴァー・トゥエンティワン
〒102-0093　東京都千代田区平河町2-16-1 平河町森タワー11F
TEL　03-3237-8321（代表）
FAX　03-3237-8323
http://www.d21.co.jp
Publisher　干場弓子
Editor　塔下太朗

Marketing Group Staff
小田孝文　井筒浩　千葉潤子　飯田智樹　佐藤昌幸　谷口奈緒美　西川なつか　古矢薫　原大士　蛯原昇
安永智洋　鍋田匠伴　榊原僚　佐竹祐哉　廣内悠理　梅本翔太　奥田千晶　田中姫菜　橋本莉奈　川島理
渡辺基志　庄司知世　谷中卓

Assistant Staff
俵敬子　町田加奈子　丸山香織　小林里美　井澤徳子　藤井多穂子　藤井かおり　葛目美枝子　伊藤香
常徳すみ　鈴木洋子　片桐麻季　板野千広　山浦和　住田智佳子　竹内暁子　内山典子

Productive Group Staff
藤田浩芳　千葉正幸　原典宏　林秀樹　三谷祐一　石橋和佳　大山聡子　大竹朝子　堀部直人　井上慎平
林拓馬　松石悠　木下智尋

E-Business Group Staff
松原史与志　中澤泰宏　中村郁子　伊東佑真　牧野類　伊藤光太郎

Global & Public Relations Group Staff
郭迪　田中亜紀　杉田彰子　倉田華　鄧佩妍　李瑋玲　イエン・サムハマ

Operations & Accounting Staff
山中麻吏　吉澤道子　小関勝則　池田望　福永友紀

Proofreader　株式会社鷗来堂
DTP　アーティザンカンパニー株式会社
Printing　共同印刷株式会社

ISBN978-4-7993-1989-5